独角马·中篇轻读文库

独角马·中篇轻读文库

风随着意思吹

北　村

海峡出版发行集团 | 海峡文艺出版社

目录

风随着意思吹

重瞳

风随着意思吹

一

陈维秋作为英国顶级奢侈品牌"一行"驻中国公司的一员，工作三年就能得到赴英国总公司的进修机会，足见其能力优秀，但总裁在她和她的闺蜜子芸之间犹豫不决，子芸则直接恳求陈维秋让她一把，理由是她男朋友在伦敦，如果维秋能礼让一下，他们就能团圆；而她的男朋友，李桥，那个一百九十多斤将近两百斤的移动应答器，看起来老实憨厚，关键时刻终于凶相毕露：他自居为著名互联网公司高管，几乎是在命令她放弃出国进修，因为他三十多了，急着结婚，出国就分手，不出国就会马上结婚，而结婚则意味着陈维秋放弃职业前途，生子，带孩子，一个孩子，两个，三个孩子。

陈维秋决定休假，回父母家好好歇歇，把这个问题想清楚。她回到了樟城，父亲却正打算回老家霍童，拉着女儿一起成行。临行前，父亲说明了此次回老家的目的：为陈维秋的同父异母哥哥迁葬。陈维秋从来没听说自己还有个哥哥，她被这个突如其来的消息吓得不知所措。

维秋，我给你说说你哥的事。对，他也叫维楸，加了一个木字旁的楸。我就叫你小秋，叫他维楸吧。爸一直没跟你说这事，是因为爸觉得没这个必要，他已经走了，走了好久了。

他走后，你才出生。如果他还活着，你们还能做兄妹，可他很早就走了。聊你哥，得先说说你爸我的事。我生在霍童，长在霍童，上高中之前都没离开过霍童乡。这地方是出名的穷旮旯，初中去上学还要走四个小时的路才能到镇上，我只好住到镇上了。小学是在村里，五个年级分两个教室，一二三年级一堆人，四五六年级另一堆人，就两个老师，按顺序轮流上课，我很聪明，偷听高年级的课，所以跳了一级。我父亲算个农村的文化人，会看风水，他对我三兄弟的教训是：你不好好读书，只有死路一条。这句话一点都不夸张，因为我们家很穷，穷到叫花子都敢嘲笑我们，我爹本来能挣点钱，他会酿酒，还会看风水，前一条因为投机倒把不能干，这后一条不但没给他带来好处，还被挂上了"封建迷信"的牌子，一家人只好吃番薯头，你知道什么叫番薯头吗？就是红薯磨碎滤去淀粉后的残渣，丝状物，跟洗碗的钢丝球差不多，在大锅里蒸一蒸，用很稀的米汤送下肚，就像一团钢丝球顺着食道刮下去，吃了它连屎都拉不出来。想吃白米饭是不可能的，连粥都快喝不上了，米饭做成了捞饭，只有下地的男人能吃，我们小孩子只能啜剩下的稀饭汤。在学校里我整天都能听到肚子里的辘辘肠鸣，有回音的那种，吃了地瓜还一直放臭屁。我带着弟弟们削好竹竿，把蜘蛛网缠在竹竿尖上，去粘知了，然后放到炉膛里的草木灰里去烤，比猪肉还香！不过我也不知道猪肉是啥味儿，早就忘了，别人家一个月能吃上一次肉，我们得半年，因为我们家养的猪都要卖钱的。

我觉得我太可怜了，我家太穷了，三个兄弟没有一个身上有肉，全都瘦成了猴。当时我们有一个传说，或者叫"魔咒"：如果谁的胳膊瘦到能让自己的另一只手满握，这人就快死了。结果我发现自己的左胳膊细到我右手可以满满握住，吓得当场大哭起来！我的弟弟们也吓坏了，只有我爹瞟了一眼，说，你死了倒好，省我一份口粮。

我爹也不是坏，他是没办法，无力养活我们全家，连吃饱都费劲，所以心生惭愧，转化成了坏脾气，是自己生自己的气。他是爱我们的。我记得我第一次住校时，他给我准备的菜是吃一星期的，用捡来的水果罐头瓶子装了萝卜干和豆腐线，豆腐线就是切成细条的油炸豆腐，熏过的，非常香，虽然不是蛋白质，但有油香。我的菜就是这样了，到了学校都不敢拿出来，只能偷偷躲到门外吃。我记得我爹把我送到村口的大路上，蹲下来，帮我理了理书包，用一种我从来没见过的温和低沉的声音说：成仔，让你带这样的菜，是你爹我没本事，对不住你。沿这条路走下去，不要走岔路，就挑最大的路走，翻过了山，就很快能到了。你爹没用，帮不了你了，以后的路只能靠你自己走了。你记住了，万般皆下品，唯有读书高，你要出人头地，只能靠读书，我们被人瞧不起，欺压到头了，你爹就算了，可以不要这张老脸了，你不能，你一定要读出去，要出人头地，要光宗耀祖！给你两个弟弟做榜样！

我爹从来不这样说话的。我被吓住了。因为要翻山，我走了四小时才到校。我在路上不停地流泪，痛痛快快地哭了一场。我决定这是最后一次哭泣了。之后我要拼死一战。

父亲说得对，对我们这样的家庭来说，成功只有一条路：读书。

之后我的所有疯狂努力都不足为道，我知道自己在做什么。我是代表我的整个家庭在战斗。我读到面黄肌瘦，营养不良。菜吃完了，就用白开水配饭。我在山上背书，背得天昏地暗，神志不清，回家时一脚踏进溪水里，就趴在大鹅卵石上睡着了。

我成功地考上了中国第一医科大学，全村就我一个人上了一本，接着我又考上了985的硕士和博士，分配到省立医院，成了医院的骨干。后来应聘到化州人民医院当副院长。我终于成功了。在化州人民医院，我遇上了陈维楸的妈，崔琴。我是村里最早开上奥迪的人。当我开着奥迪回到村里时，车轮滑进了田埂，我爹发动全村人出来抬车。我觉得多此一举。我爹说：这下全村人都知道你有豪车了。我说奥迪不算什么豪车。我爹说：如果村里人问你这车多少钱，你不要回答，笑笑就可以了。

那一刻，我深深地领悟了父亲要我拼死也要读好书和出人头地的意思了。我对父亲充满了崇敬。我发誓也要这样教育我的儿子。

你哥陈维楸生下来的时候，头发是红的，引得我和他妈相当诧异，我们没有一个人头发是红的。不过满月以后头发变正常了。维楸长得很漂亮，像外国奶粉罐头上的广告儿童。两岁的时候真的被人借去拍了一个儿童营养奶粉的广告。但这并不是维楸的主要技能，他的事迹在另一方面：吃饭。很奇怪吧？吃饭怎么会成为一种突出技能？但对于一个不到两岁的婴幼儿就是奇迹了。刚学会说话，他就不但能自己吃饭，而且还会对吃饭的过程进行"同期声解说"，我用夸张的说法是要让你理解你哥的特别之处：无须大人喂饭，自己吃得咂巴香，还一直说话聒噪，呱呱个不停。我们把他往婴儿椅上一放，挂上拦板，他就说：爸爸，吃饭了。我说我不要你通知我，你自己知道就行。他问：今天要吃什么？有没有好吃的花椰菜？维楸才不到两岁，说话是整句整句的，条理非常清晰，意思表达清楚，像一个小大人。我们把饭和菜盆往他面前一放，他会先正儿八经地来声"谢谢"，说，我要开动了。然后开始津津有味地吃起来，同时开始"现场直播"，就是每吃一样菜，都要自报家门：维楸现在要吃豆芽了，妈妈，豆芽真好吃，很嫩。再吃一口饭。这个是什么肉？是荔枝肉，这个我喜欢，不过你们要多吃蔬菜，不能光吃肉，这是爸爸说的……整个吃饭时间就他一个人喋喋不休了，尤其有客人的时候，会成为一个奇观，把大家逗得前仰后合。有一回他竟指着我说：爸爸，你有糖尿病，应该先吃蔬菜再吃肉。我只好频频点头，听他教育。最后他会把所有的饭菜全部吃光，自言自语地说，不能浪费。再把盘子都舔了，心满意足。所有的邻居朋友都说他是"别人家的孩子"，是投胎到我们家帮我们的。

　　维楸这孩子特聪明，嗅觉和味觉灵敏极了。他会在吧唧吧唧吃饭时漫不经心地说，妈妈，今天的炒青菜有点咸了。他妈硬是不信，因为她放的是跟平时一样量的盐。结果她一尝，果然是咸了。连我都没觉察出来，我们不仔细注意就不会发现。后来我们才知道，是刚刚换了一个牌子的盐巴。这孩子的味觉令我们刮目相看。有一次更是惊人，他也是在吧唧吃饭的时候说，爸爸，烧煳了。我问什么烧煳了？我们没在做饭呀！结果我和他妈过了好一会儿，才闻到一股烧焦的纸的味道，吓了一跳，赶紧开门寻味，原来是楼下邻居用热得快烧开水，人太累睡着了，差点酿成火灾。这一役让你哥功成名就，成为避灾小英雄，获赠了几十桶奶粉，喝了一年还没喝完。邻居说陈成啊，你这儿子是个天才！将来恐怕要超过你。我说，我巴不得他超过我。我想，我得了个名校博士，他至少要得个名校博士后，或者直接上哈佛牛津吧。你爷爷给我取名叫陈成，你叔叫陈功，还有陈龙，就是望子成龙，他就这样赤裸裸白杀杀地提出了他的渴望。现在我的渴望是：陈维楸至少要超过我，这是我的底线。

　　但不祥还是出现了……上小学的时候陈维

楸读得轻松无比，几乎年年是全校第一。但他的另一种爱好也在随年龄与日俱增：他居然爱上了做饭。我以为是一时兴起，可他却乐此不疲，本末倒置，从偶尔客串，发展到每周几次，最后由于我和他妈都是医生，平时很忙，我中午门诊到一点半还下不了班，他就悄悄在家把所有饭都做好了。刚开始我们都挺兴奋，因为这孩子做的饭很好吃，看得出得了他妈的真传，口味上我们非常喜欢。他似乎很得心应手，有一回星期天，我和他妈特地观摩他做了一次饭，我惊异地注意到：他实际上比我和他妈在烹调方面更有天赋，表现在一个细节上，他小小年纪，切菜使大菜刀竟然很轻松，他的刀法不是我们这些素人的方式，倒像是学过的厨师的方式，就是只用刀的后段切菜，前端是支在砧板上的，快速密集地切着葱，快速切十下，会停顿一下，又切十下，这很像厨师的刀法，我学了很久没学会。我就奇怪了：这孩子是从哪里学的呢？至于颠锅，他那瘦得像木柴的小手臂轻轻一起，就颠成了，也没使啥力。我对他妈说，这是厨神投胎转世来了吗？

在陈维楸得过几次小厨师争霸赛第一名带来的喜悦和热闹之后，我们渐渐冷静下来。因为危机出现了：初一下半学期，陈维楸的成绩开始下滑，我非常震惊，因为男生就算成绩下滑，也不该发生在初一，至少在初三，初一的内容并不复杂，我意识到他肯定是没使上足够的时间去读书。我慢慢清醒过来：发现自己太信任陈维楸了，因为他素来很乖，根本不需要监督。现在看来不对劲了。我们把他叫到他自己的房间里，问他怎么回事。自己把这种情况解释清楚。他一直沉默。这让我焦躁起来，觉得心慌意乱。我一瞥桌上，居然都是些菜谱，我好久没检查他的房间，原来他都在看这些东西，居然还有一本 1979 年福建科技出版社出版的老菜谱，我都不知道他是从哪儿搞来的，简直了！我厉声质问他到底是怎么回事。陈维楸开始全身发抖，说，我是没花时间读书，我错了。他妈说，你读那么多菜谱有啥用哇？你要当厨师？我们家可不需要厨师，我们家是医生世家。我说不是世家，但至少是知识分子家庭！陈维楸说，我错了，我会改。他这么快就认错了，弄得我和他妈都不好意思继续批评他了。我们都知道这孩子脸皮薄，不需要多说他就能明白。果然，第二天一早，我特地去看他的房间，那些菜谱一本都不见了。真是乖孩子。

这事很快就过去了，初二他的成绩又恢复到全校第一名。我们很忙，他似乎也无须让我们操心。可到了初三，很奇怪，他的成绩又开始一落千丈。而且我发现，那些烹调书重新出现在桌上了，而且是公然地放在那里，好像是故意放的一样，赫然在目！那年我正面临医科大学正高职称扩大博士点的事，非常忙。我很烦恼，问他妈到底出了什么事。他妈是护士长，比我更忙，也茫然不知。当晚，我们再度三堂会审。结果，陈维楸说出一句让我们惊愕不已的话：我不想上大学了，我想考松山。松山就是松山职业学院，以培养厨师闻名。

我和他妈是完全没有任何思想准备，他居然会想上技校？这简直跌碎眼镜，天方夜谭！

我问：难怪你成绩滑得这么厉害，你是故意的吧？他不吱声，我当场就痛骂起来，劈头盖脸地浇灌过去。他妈说，你先让他说，这是为什么……陈维楸被我的暴跳如雷吓坏了，后来说，爸，我知道你不会同意，我只是在跟您商量。我断然道：不可商量！商量个屁！此事完全没有余地！陈维楸说，可我真的喜欢厨艺。我说，喜欢也没用，免谈！你明明能轻松上985，为什么？你告诉我为什么？陈维楸！儿子低着头，好久没吱声。崔琴推他，快回答你爸的话呀。陈维楸说，我不想像你们一样，我不想忙成那样。我正要发作，崔琴劝住了我，让我晚上吃完饭后再解决这件事。

　　我和崔琴在卧室里抱着头，你看我，我看你，说不出话来。陈维楸的决定如晴天霹雳。我们知道沉默寡言的陈维楸既然说出了他的想法，一定是深思熟虑过的。这就是他和别的孩子不一样的地方：早熟。他不冲动做事，所以凡事对他无须反复强调，点到为止即可。我对崔琴说，现在你把他叫进来，让我单独和他谈谈。

结果非常恶劣。我承认是作为父亲的我先崩溃了，他仍然是那句话：我不喜欢做医生，也不想读文科，也不想当科学家，我想自己开一个店，试验自己的菜。我没法抑制愤怒，喝问他：你既然早就只想开一家饭馆度过余生，那为什么要我花那么多钱送你去私立学校、国际学校？你一年花掉的钱是我和你妈合起来的四五倍！陈维楸痛苦地捧着脸，说，不是我要的，是你自己要这么做的。我被他怼得几乎要仰面跌倒！气得说不出话来。那一刻，一种被背叛的感觉像潮水一样涌上来，我狠狠地抽了他一耳刮子，他的脑袋像陀螺一样扭过去。我从来没打过他，他震惊不已！蹲了下来，双手掩住脸。我说：陈维楸，收回你今天说的所有话，我会当一切没有发生。

我和父亲傍晚前抵达了霍童。我对这个两岁时来过一次的老家非常陌生。我被安排在酒坊的阁楼居住，据说这就是陈维楸生前住过的房间，可我在房间里找不到一丝他的印记。楼下住着和父亲断绝关系的爷爷。家里还有一个叫苍红的女帮工。父亲被叔叔陈功接到他家住了，可能是怕和爷爷打照面。陈功叔一家杀猪宰鸡搞了一个热热闹闹的欢迎宴。父亲喝了不少自家酒坊酿的米酒，早早就去睡了。

……

清晨被一阵骚动吵醒，耳边好像有无数人在说话。我仔细谛听，仿佛还有号子的声音。山村湿气太重，我睡得很沉。挣扎了半天才起了床，推开窗户，发现陈刚领着一群人往酒坊搬运一块巨大的原木，正在徐徐进入。爷爷在给他们指挥，他的腰杆挺直，并不像父亲说的佝偻，看着怎么也不像一个七八十岁的老人。原木终于运进了堂屋，架在屋子中央。我离开窗户，突然发现红光一闪，是苍红不知什么时候进房间来了，弓着背在角落里找什么东西。我咳嗽一声，把她吓了一跳。我问，你找什么东西呢？她有些惊慌地说，没，没有，我没找啥。我走过去，说，对了，我在这找不到维楸的任何东西，他不是在这屋住过吗？这时苍红的眼睛往上瞟了一眼，说，他就有本高考的笔记，没啥东西。我这才发现房梁上吊着一个沾满灰尘的筐子。

苍红匆匆地退下了。我下楼洗漱。爷爷用墨斗在量那根原木。他着实比父亲强壮多了，我爹是弱鸡型的身材，直的，而爷爷挽起了半边衣裳，竟有鼓起的腱子肉和隐约的胸肌，倒三角，可见壮年时的身材底子。我决定问候他老人家。爷爷瞟了我一眼，问我吃饭没有。我说没有。他说要吃饱。我说嗯嗯。他又说不要去溪边玩冷水。我不知道这啥意思，只好又说嗯嗯。我心中窃喜：他和我爸有矛盾，但他愿意搭理我了。

洗漱完我又上了楼。把那筐子放下来，里面果然有一本笔记。我翻开笔记，看见了维楸的笔迹：非常奇怪的一种字体，全是斜的，但很清秀，几乎能看成是女孩子的笔迹了。内容乏善可陈，就是高考前的那些定理和几何啥的。看来陈维楸是读到了高三的。昨天我问父亲他是怎么死的，父亲只简单地说：他得了病，比较严重的那种病。我问，什么病？父亲说，肝硬化，腹水。就不愿再说什么了。我想，这也许是父亲心中难以启齿的痛吧。

吃早饭的时候，他们商议今天要去看墓地。我想跟着去，因为昨天下了点雨，山路很滑，叔叔不让我去，说很危险。陈刚开来一辆皮卡，只能坐四个人。陈刚说，今天你就别去了，落葬那天反正还要去的。我想想也是，就不再坚持。陈刚点着了一支烟，徐徐地喷出一口，说，我还不时会梦到他，我知道那是他，他说的都是我们俩才知道的事。我说，我看到他的笔记了，字是斜斜的。陈刚笑了，是的是的，跟风吹的草一样，哈哈哈。唉，这家伙命薄，死得太早了，连女人都没好好享用过。我不知道陈刚突然提女人是为什么。他谈过恋爱吗？我问。陈刚说，谈过了呀，苍红不就是他女朋友嘛！我就震惊了：苍红是他女朋友？陈刚叹口气：不过我可以肯定他没动过她一个指头，这家伙太老实！这等于把人家姑娘害了，连床都没上过，他这一死，人家倒给他守上一辈子寡了！造孽。我没想到苍红是因为这个原因不结婚的，可是这件事确实吗？陈刚拍拍胸脯说，这是霍童人尽皆知的事！我能瞎编吗？我停顿了一下，问，陈维楸的病为什么会那么重？他年龄很轻，怎么会因为肝硬化死掉呢？陈刚一瞪眼：谁说他是肝硬化死的？他是想不开的嘛。我心头一重：想不开？陈刚奇怪地问，你不知道？我操，我又多嘴了！他打了自己一嘴巴。我拉住他，你说明白点儿？陈刚要走：你问你爸去嘛，问他去嘛。我说你至少告诉我他是怎么自杀的啊。陈刚把烟头一踩，嗐，问你爸嘛，今天的事你别说是我告诉你的，省得爷爷骂我多嘴。我上山了。

陈维楸居然自杀的！这就能理解我爸为什么那么痛苦和不愿提及了。而且苍红居然为他守身到现在，让我非常惊愕。她好像是打算在这酒坊待一辈子了。

难怪从昨天到今天，我老是觉得被一双眼睛盯着。酒坊就住着我们仨，不可能是爷爷，那就是苍红，她冷不防从哪里出现，又莫名其妙地消失。一会儿进一下我的房间，一会儿又给我递个茶水。她好像在观察我的一举一动。但盯着我有什么意义呢？我对陈维楸是一无所知的。反而是苍红为什么竟然在为陈维楸守寡（他们没结婚这说法不准确），或者说守身吧，反倒有些奇怪。他们上山后，我又回到了阁楼，果然看见苍红又在那里，翻着什么。我警惕地问，你到底在翻什么呢？她说，我在找你换下来的衣服，我拿到河边去洗。我说我跟你一起去河边洗吧，她紧张地抄起衣服说，不用了不用了，我自己去就行。说完匆匆下楼走了。

　　我从窗户看着她去向河边的背影，想，她是想跟我说些什么？或者是想隐藏什么？如果我向她询问她和陈维楸的旧事，她会愿意说吗？看样子不会。她完全是一个沉默的人，就像一块埋藏已久的石头。她是到我房间里找什么她想找的东西？于是我认认真真地开始在阁楼里寻找，翻了一个小时，居然还是一无所获。

　　看墓地的人很快就回来了，看来比较顺利。

我下楼去找父亲，我觉得他隐藏的秘密像一块骨头一样哽在我胸口，让我非常难受。爷爷开始刨那块原木的木皮，他没发现我，我从他身边溜了出去，竟然在酒坊门口看见父亲站在那里，但他手里却提着两瓶茅台，应该很贵吧。他说要来看看我住得怎么样。我们走进酒坊的时候，父亲走到爷爷身边，说，爹，给您带点酒。爷爷没搭理他。父亲就说，给您搁这儿了。说着他把酒放在方桌上，和我上了阁楼。

上到阁楼，父亲的表情变得严肃起来。他是睹物思人了吧。所以我就不吱声了。父亲走动打量着房间，看到墙上贴的报纸，说，这是维楸自己用米饭汤糊的，把我办公室存的报纸都拿光了。我给父亲泡了杯茶，父亲坐下来，看着桌上摊开的笔记，说，他的字很特别吧？我点头说，嗯。父亲说，你哥其实很聪明的，对付学习对他来说，可能是一件最简单的事。他长长地叹出一口气：这样一个聪明孩子，却因为学习……只能说是命了，是命！

我接住了话头：他不是病死的。

父亲说，我没说他是病死的，只是他确实病了，而且病得很重。比起身体上的病，他心里的病更重，在这一点上我不想推卸责任。是，我是负有责任的。不，我负最大的责任。

对你哥的死，我负有责任。但作为一个父亲，有时你的选择并不多。初二时维楸的成绩开始好转，直线上升。我本来以为他的思想通了，我能松一口气了。可是一上初三，他就原形毕露了。他选择不和我直接冲突，凡事都绕开我，通过他妈妈和我交涉，因为他知道我对他非常严厉。因为我认为只有"严厉"才是对小孩子最好的教育方法，那些"和孩子做朋友"之类的温和教育方法都是唱高调的，没有意义的，小孩子为什么叫"小孩子"？就是因为小啊，不懂事啊，才需要大人来监管和引导。而我的引导方法十分粗暴管用：就是强迫。听上去难听，却实事求是。在中国，素质教育谈了多少年了，管用吗？一个应试高考，一个按分划校的中考，就立即把你的所谓素质教育打回原形！最后还不得分数见分晓？所以，我在维楸初一那些可怕念头刚冒头时，就坚决以雷霆手段进行压制，初二成绩马上立竿见影！我这样做是根据丰富的实践经验总结出来的，最好的标本就是父亲棍棒下的我自己。没有父亲把我揍得要出屎的强暴手段，我不可能考上985的博士，也不可能成为全市最年轻的主任医师和副教授，也是最年轻的三甲医院院长。靠的就是我爹的棍棒。我爹揍我用的棍棒可不是一般的棍棒，是冬天劈来烧火的柴墩子，就是大劈柴，快一腿高，熊掌那么粗，还带着木呲花，往我和我弟身上一抡过来，呼的一阵风，我们就知道完了！腰重重挨一下，眼前就一黑，好像腰被大卡车撞了一样。打在肉上更痛苦，木花子刺进肉里，刺啦一声再拉出来，就血流如注！我妈骂我爹，你这哪是打人？你这是杀人啊！她用炉灰覆盖在我的伤口上，把我藏在她佝偻的身躯下。后来我爹送我上大学的前一天，对我说，成儿，我打你是打狠了点，怪你爹我没本事，可越没本事越要打你，因为不打不成器啊。你怪我不？我哭了，说，爹，我不怪你，打得好！

　　我是真心实意感谢我爹的严厉教育。因为我当时就明白了，没有他的大柴墩子教育我的皮肉，我恐怕连三本都考不上。所以，我坚信我教育维楸的雷霆方法是对的。但我失算的是：我毕竟不能用大柴墩子直接抽他，陈维楸好面子，脸皮薄，我不但下不了手，在城市里也找不到柴墩子呀。我苦口婆心地劝说他，他就是一声不吭，更不反抗，可一转身，还是跟他妈说不想考高中，阳奉阴违，我气得没办法了，抓住他的身子一直推搡，质问他为什么。陈维楸说，我不是不想考大学，是我喜欢的烹调专业没有大学，只有职校和技术学院。我说，你干吗非得做厨子呢？干吗呢？爸告诉你，厨子能赚钱，这没问题，但厨子没地位，在现实里能做到全国顶尖名厨的没几个，大部分都淹没在烟火中，厨师是没有社会地位的。维楸说，他不要什么地位，他就是喜欢做菜，开自己喜欢的店。我愤怒地问，那你还读个什么屁书啊？

我现在就能拿钱给你开店，还读什么书？维楸说，要是现在能开店，我可以不读啊。这话简直要把我气昏，我忍不住抽了他一耳刮子，他的脸庞立刻腾地红起来。我骂道：你他妈的懂个屁！这话你也说得出口？你像我生的吗？！

第二天，我就把陈维楸送进了一家私立高中，这个以军事化管理为特色的全封闭寄宿高中，学费很贵，规章极其严苛，暑假就开始进行严厉的军事化管理，这是我最后的办法。我把陈维楸送到学校门口，下车的时候，我把他的行李拿下来，突然想起了我父亲送我上乡镇寄宿的那一幕。我轻声地对陈维楸说：我当年上乡里寄宿时，你爷爷对我说过一句话，只要有恒心，铁杵磨成针。爹可能对你有些严厉，但以后你会明白的，都是为你好。我观察着陈维楸，发现他毫无表情，不像我被我爹说时会一阵鼻酸，陈维楸看着很温和，沉默寡言，但性格古怪，不像我那样脾气暴躁。有时我都看不透他。我说只要有恒心铁杵磨成针时，陈维楸竟然好像冷笑了一声，轻声说，明明到处能买到针，为什么要把铁杵磨成针？笑死了。说着拎上行李进去了，把我一个人扔在那里发愣。他最后还是把我嘲笑了一把。

我有很辉煌的过去，在那个贫困的乡村曾经给父母赢得很大的"荣耀"，所以在潜意识里，我也对儿子投注了很大的期待，希望我的儿子也给我带来"荣耀"。这个骄傲的、"荣耀自己"的动机虽然隐藏得很深，但对我有很大影响：孩子表现好，我就高兴；表现不好，我就暴躁。

二

天开始放晴，山村的万物开始向上蒸腾一股靥气，吸入鼻腔的是一种泥土的腥味和草木被蒸发水汽后的干爽的芳香。中午饭后陈刚用摩托车偷偷带我去了一趟为陈维楸选好的墓地，因为路好走了些。据说这是会看风水的爷爷用罗盘亲自选定的地方：在乌山一个突出的崖头上，后面是一片丰茂的竹林，前面有几百平米宽的开阔地，是几畦梯田。我不懂风水，就是觉得这个地方风景很好，我想，哥哥待在这里，看着日出日落，一定会心情愉悦吧。

风水好的地方，风景也一定好。陈刚说。

我问陈刚，你也会看风水？

陈刚笑着摸头：我不懂，就是平时会听爷爷说上一两嘴。维楸是爷爷的心头肉，他肯定要给他选块最好的地儿。

我不解了：你说维楸是爷爷的心头肉？为什么？我这几天从来没听爷爷说过一句维楸。再说了，爷爷如果爱维楸，为啥这十几年都不理他？把他一个人孤零零地扔在殡仪馆的骨灰堂里？

陈刚嗫嚅着：可能是爷爷太过伤心，不愿意碰这块地方罢……我也不太清楚这些事，你要了解，去问陈功叔好了，他最清楚。

可能是爬山太累了，下午我结结实实睡了个午觉。做了第一个关于陈维楸的梦：他和我坐在那块选定的墓地上，问我高考数学准备得怎么样了？我说愁死了，维楸笑着看我，说，我把我的笔记借给你，就没事了。我大喜！就在这当儿，堂屋里一阵嘶啦嘶啦锯木头的声音把我吵醒。我趴到窗口一看，在爷爷的指挥下，陈功叔和陈刚正在拉横锯，锯那块大原木。我下了楼，走到他们面前问：你们要用它做什么？功叔和陈刚停下来擦汗，对视了一眼，没说话。爷爷在原木上弹墨线，说，棺材，给我做棺材。我心头一凛，不敢问下去了。陈功叔岔开话题，说，你睡好午觉了？等我一会儿，锯完我带你去河里抓溪鱼。

父亲被一个邻村的亲戚临时请去看病了。我换上便装跟陈功叔去河里钓溪鱼。他说我爸最喜欢吃这条河里的野生溪鱼，后来他很少回霍童就吃不着了。陈功叔把十几个钓钩都挂上了蚯蚓，然后一屁股坐在河边开始抽烟。这溪鱼为什么好吃知道吗？因为我们这儿水冷。陈功叔说，你回去时我给你抓上十几斤带走。溪鱼就要吃活的，新鲜溪鱼焖豆腐，一绝！当年陈维楸还发明了在溪水上游放辣椒粉，把下游堵上，那是几十斤几十斤地捞啊，这家伙脑壳就是灵，但这种捕鱼法被爷爷骂了个狗血喷头，说是断子绝孙的办法。

我哥他很聪明吧？我问。

哈！他呀，你说陈维楸啊。那是天才！一般五百年，不，就我们这地方，至少一千年才出一个！陈功叔说。

比我爸还聪明？

你爸？嘁，陈功叔笑了，我估计两个你爸才顶一个他吧。

那他为什么就考不上大学呢？

不是考不上大学，是不愿考，这是两回事。陈功叔又燃上一支烟，说，他的事很复杂，一两句话说不清楚，你知道吧，天才，为什么是天才？人家这脑瓜子里想的跟我们不一样，跟你爸也不一样，你爸还不能算天才，他只是想考上个好大学，出人头地，他做到了，可维楸，他不把考大学放在眼里，他想做喜欢的事情。

不就是大厨嘛。我说，我爸不让他当大厨，也不是完全没有道理的。

维楸也不是只想当大厨，维楸还喜欢酿酒。

陈功叔说。这你不知道了吧？他每年寒暑假，哪儿也不去，就爱回霍童，跟着爷爷酿酒。没过多久，他不但喜欢上了酿酒，还学会了酿酒，一套学下来，比我和陈刚还熟练，我就告诉你吧，我和陈刚好多酿酒的知识，还是维楸传授给我们的，你想不到吧？因为他能把爷爷教给他的东西，找科学知识来验证，陈刚可以说像傻子似的，就是陈维楸的徒弟。

这种说法让我有些吃惊。我问，我爹愿意让他回来整这些东西？

可不嘛。陈功叔说，肯定不让啊，矛盾就是这样起来的嘛。你爸把他关在寄宿学校里，他竟然逃出来了，逃回来霍童，跟着你爷爷干了仨月，你爸愣是一无所知，找人都找疯了。我们想告诉你爹，爷爷不让。最后还是我告了密，你爹来把维楸抓了回去。听说藤条就打烂了三根，屁股一个月不能落地。快要打残了。你别看维楸斯斯文文的，居然能从那个寄宿学校逃出来，简直不可思议！听说他是第一个成功逃出来的学生，肯定不是靠蛮力，是用了脑子的。听说好像是解开了铁门的密码锁。

我有一点不解了：爷爷怎么能护着我哥呢？我爸说他从小就严厉教育我爸，他怎么就愿意让维楸逃课，好像变成了另外一个人呢？

陈功叔突然不说话了，气氛有点僵。他说，咬钩了！接着拖上来几条溪鱼。他解下鱼，又挂上蚯蚓。然后继续放回水里。

我还有一个哥，叫陈龙。陈功叔说，他很早就走了。是让你爷爷失手给打死的。

啊？我震惊不已。不是说上山挖草药摔死的吗？

陈功叔低沉地说，不是，那只是对外的说法，是你爹带着他做什么飞行器，结果你爹被爷爷教训后，说放下就放下了。你叔，就是陈龙，他不行，迷上了。两年后就高考，天天鼓捣这些，结果被我爹一顿暴打，不小心打死了。

是不是用劈柴打的？我问。

你怎么知道？陈功叔惊异地问我，你爸跟你说过？那个大柴墩子，那是什么东西？那是能打死人的！本来我爹是要敲他的后背，结果他头一缩，打后脑勺上了，当场血水像筛酒一样，流了一地。我爹用草木灰绑着毛巾，捆上了陈龙的脑袋，我负责开拖拉机，我爹抱着我二哥，往乡里狂奔。到了乡医院，我们抬着二哥上台阶时，他的身体已经软塌塌的了。

我二哥不在以后，我爹像变了一个人。能不吗？他一辈子都要活在自责里了。从此再也没提过二哥。只有一次，过大年他喝醉了，对我说过一句：功儿，为什么？为什么你大哥就出息了？你二哥却死了呢？他们，不是兄弟吗？老头子哭得稀里哗啦。我从没见他这么伤心过。

我理解，他把对二哥的所有愧疚，都变成对陈维楸的爱了。陈功叔说，陈维楸无论想干什么，他都让他干，陈维楸在你爸那里受了委屈，第一个就想回来霍童，回到爷爷的酒坊里。这个酒坊，成了你哥的逃避之地，也成了他对抗你爸的大本营。陈维楸每个假期都找借口要专心复习功课，回到霍童的酒坊跟你爷爷鼓捣酿酒，陈维楸都研究出一套酿酒的创新方法了，你爹还蒙在鼓里。每次你爸回来查证，你爷爷都给他打掩护。那时你爷爷和你爸的关系还没发展到后面那么坏，但火药味已经很浓了。

那就是说，半军事化管理的寄宿学校对陈维楸实际没有半点作用？

没有，完全没有。陈功叔说。直到你爸彻底发现阳奉阴违的陈维楸，他气坏了！追到霍童，当场抄了根柴墩子，追着陈维楸跑，陈维楸被追爬到三楼的屋顶上。

你爸在下面破口大骂。

陈维楸在屋顶上站了一会儿，直直地跳了下来。下面是水泥地。他的脑壳破了，血流进了一口水井里。

你爸开着他的奥迪车，第一时间把他送到镇上抢救。由于抢救及时，没像陈龙那样，他救回来了。但他的脑壳摔破了，缝了十七针。落下了偏头痛的毛病。而且脾气变了，容易暴躁。这一点和过去的陈维楸不太一样了。

你陈功叔说得不对，我并没有逼迫你哥，至少刚开始不是这样的。我是被一种背叛激怒的，对，我被儿子骗了，这个看上去低眉顺眼的儿子，文质彬彬的孩子，他背叛了我。我不能无动于衷。我观察到周围一些不成器的孩子，都是一些"不敢决策和承担"的孩子，他们在成长过程中，建设性的"自我"都没有发展成熟，一直在别人的期待里面寻找安全感，这个时候大人怎么能不管？否则叫什么"监护"呢？刚开始我是无条件地爱儿子，而不是期待儿子，因为这孩子的情况不同，他不是那种天资愚钝或者顽皮捣蛋的孩子，他根本用不着我去教育和教训他。说出来你都不会相信，我和他妈从来没管过他的学习，这是真的，就是说我们并不为他的学习能力操心，也没有给他请过任何一个家教，或者报过任何一个培训班。他自己很轻松就能搞定学习和功课的事。我开始给他空间，让他成为他自己、走自己的路，而不是克隆一个我。他的问题不在这些方面。

我打断父亲的话：等等，您说您要让他成

为他自己？走自己的路？而不是克隆一个你？
这不挺好吗？那问题出在哪里？

　　你问对了。问题就出在这里。我确实是想
让他充分发展他自己，因为我知道我被父亲逼
迫学习是多么难过的一件事，我也知道我二弟
的惨死是我爸和我心中永远的痛。所以，我想
放飞儿子，我料想，以他智力超出我的情况，
前途一定不会比我差。但是，问题就卡在这里：
他竟然喜欢烹饪！也就是说，他喜欢的职业，
我不喜欢，非常不喜欢，这职业再好，也没有
社会地位，在这一点上，我可以负责任地说，
我过的桥比他走的路多，我想他是太小了，不
了解社会的竞争和险恶，凭他的智力，他还可
以有更多更好的选择。直到这个时候，我仍没
有意识到我是在管制和强迫他，而是认为自己
在引导他，作为父亲这时候的"监护"责任，
不就是帮助他选择好人生方向和职业方向吗？
很长一段时间，我坚决反对一切加在我头上的
不合理的诬陷，我不是那个逼死孩子的人！不
是那个把自己的意志强加到孩子身上的人，不

是那个摧毁孩子身心的人！不是那个扼杀孩子生命的人！绝不是！我是爱他！爱到骨头里的爱！……但，没想到的是，这件在其他父子之间也许非常简单的事，很快就能解决的事，在我和陈维楸之间，居然酿成了命案！他连这一点心理承受力也没有……我没在怪他！不，我不怪孩子！我只是说，我完全没想到会这样……我不了解孩子，我不了解陈维楸……

爸……我抱住父亲的肩膀，他在发抖。

我要感谢我爹的痛殴，感谢他打醒了我，但是，我触礁了，翻车了，我自己因棍棒达成的"成长和转变"并没有发生在陈维楸身上。

因为我哥不是您。哪怕他是您的嫡亲儿子，还流着您的血，但他仍不是您。

对，你说对了，女儿。这就是我翻车的地方，也是我永远的痛！为了领悟这个道理，我付出了惨重的代价！付出了最亲爱的儿子的生命！也让我的后半生生不如死。我感觉到力不从心后，就摆脱了真正的责任，把他送去了私立学校"军管"，现在我明白了，这是一种偷懒，一种逃避。我害怕自己教育不出一个有出息的孩子，就把他交出去了，其实就是甩出去了。现在我非常后悔。事实也证明陈维楸根本无法适应这种禁闭的生活。他居然"越狱"了，这让我们不胜惊愕。陈维楸外表温顺，内心却非常固执、倔强。陈维楸从学校出走后，三个月之久杳无音讯，急得我和他妈要跳楼了。我们到处找，也没个影子，最后报了警，就在报警后的第二天，我弟就是你功叔才打电话告诉我，他居然藏在老家霍童，他们都被陈维楸骗了，以为他是学校安排回家进行社会实践的。陈维楸堂而皇之地在酒坊当了三个月学徒。这让我大开眼界：我觉得我这个儿子不但有犯罪的胆量和潜质，还完全不把他的父亲放在眼里。

我连夜驱车赶往霍童。在和陈维楸算账之前，先和我爹大吵了一架。陈维楸只把真实情况告诉了他爷爷一个人，结果他爷爷居然暗中包庇和隐藏了他，与我对抗。我爹根本不理会我的痛苦，说我把他孙子管得太紧，平时忙得跟狗似的，从来不关心儿子，连自己的饭都要儿子来做，一到考试就摆个考官和老子样儿要来管教孩子，是完全不负责任的父亲。我气得和他爷爷大吵，说要是陈维楸考不上大学以后没出息谁来负责？他爷爷说他不要孙子飞黄腾达，只要开心高兴好好活着就行了。我讥讽他：现在知道了？你当初拿柴墩子劈死二弟时怎么没想到呢？现在来疼爱孙子，有用吗？太迟了吧！陈龙他回不来了！爷爷怒目圆睁，我看他浑身颤抖，快倒下去了，这才觉得我话可能说得太过了。陈功立即把老爷子扶回房间去了。

　　从这个夜晚开始，老爷子就再也没跟我说过一句话。他不认我这个儿子了。我们相当于断绝了父子关系。

　　我怀着满腔的怒火，勒令陈维楸跟我回去。他居然不愿意，一声不吭。我省略了所有劝说流程，已经完全失去了耐心，只相信柴墩子的力量了。我直接操起柴墩子，朝陈维楸劈过去，他居然没有躲开，肩膀上刺啦出几道血痕。我愣了一下，又劈过去，他的上衣破了，血从瘦弱的胸脯上流下来。但仍然站着一动不动，躲都不躲一下。我仿佛惊醒了！不敢打他的头，我吼他：你怎么不躲啊？我觉得陈维楸是在蔑视我。我一股火蹿上脑壳，接着劈了一下他的腿，他一软倒下来。

我说，滚！

他慢慢地爬起来，双手捧着脸。他从来没挨过这样的打。甚至可以说，他几乎就没挨过打。应该是受不了了。不知什么时候，他爬上了酒坊的屋顶，跳了下来。酒坊不比住房，层高很高，三层相当于五层，他就从三楼跳了下来。

他就用"死"，把我打败了。

中午想睡个午觉，刚迷迷糊糊合上眼，觉得有人在房间里发出窸窸窣窣的声音。睁眼一看，一个红色的身影把我惊了一下，看清楚后，才发现是苍红在帮我叠衣服。我坐起来，她说把我吵醒了。我说没关系，在城里上班时我从不睡午觉的，不知道为什么回到霍童后，整天嗜睡，中午非得睡上一会儿才行。苍红说山里湿气重，容易睡不醒。我帮着一起叠衣服，说衣服不必拿到河里手洗，陈功叔家有洗衣机一并洗就得了。苍红说她手洗习惯了，反正在山里时间多的是。

　　她把一筐子新摘的杨梅放到桌上叫我吃。我隐约觉得她好像想说什么话。我就说，苍红，我正想问你些陈维楸的事呢。苍红一听，似乎有点紧张起来，说，都过去好久了，我都忘了。我轻松地说，没别的意思，就是我一直不知道还有个哥哥，想多了解一些他的事。苍红说，我以为你早知道了。我吃着杨梅笑着说，我就爱听你们是怎么谈恋爱的。

　　苍红也笑了一下，我们那个不叫什么谈恋爱，那时我们都还小，瞎胡闹的。

　　我说初恋才叫真爱呀，是不是？对了，苍红，你是不是从这阁楼里拿走过什么东西？我怎么一件也没发现陈维楸的东西呢？

　　苍红又紧张起来，说，这里也没啥东西了，时间太久，都清走了。后来都是酒坊的临时帮工住这儿。

我看陈维楸的照片，他也不是很帅啊，你这么漂亮怎么就爱上他了呢？

他很斯文的。苍红说，他每个假期都回来。后来连周末都往霍童跑。不过，最初是他爸带他回来，陈维楸学习很好的，中考考了全城第二名，他爸喜欢这种时候带他回老家走一圈。从小时候开始就是这样，陈维楸很小就会做菜，得了个什么奖，他爸也把他带回来。

我知道了，就是有炫耀的意思。

是吧，反正一回来就要请客喝酒，他爸也是名医，回来大家都会来捧场。他就大摆宴席，当然，亲戚朋友也要回请的，所以他爸吃酒都吃不过来，请他要轮流排队。每顿酒他必把陈维楸带到场，然后让他表演做饭，就是让他当场快炒一盘菜，众人就一阵欢呼。但维楸慢慢长大后，就不喜欢这样了。他爸又改了节目，开始说儿子的成绩，当场展示他的毕业证书，说一中二中同时给他发了入学通知书，诸如此类的，然后众人又喝彩鼓掌，就敬陈维楸喝酒。

一圈通关下来，陈维楸一定喝醉，他又不胜酒力，对，他会酿酒，能喝出酒的好坏，但其实他不太能喝。后来，他要我坐在他身边，偷偷把酒换给我，因为我比他能喝。

你们是这样熟悉的？

是。他很烦他爸把他当成一个展览品那样带着到处炫耀。走在路上碰到熟人必停下来介绍：这是我儿子陈维楸，中考全市考了第二名，他那天小感冒，不然会考第一名……次数多了，陈维楸就躁得不行。找理由叫我带他出去玩，躲他父亲。

这时候你就爱上他了？

他很优秀。我从来没说过这事，其实他也没说过爱不爱的，连我们自己都不知道啥时候爱上的。只是一到寒暑假，甚至长假周末，我的心就会"嗵嗵嗵"地跳起来。我会一个人走到村口去等。可是我等了十几回，只等到一次。那是初二的暑假，他一个人坐班车到的，见到我后说，你怎么在这儿？你在等我吗？我急忙否认，说我到村口来买盐。我接过他的行李，送他到了酒坊。我知道他喜欢跟他爷爷学酿酒。

我是很喜欢他。虽然他很讨厌他爸在酒桌上炫耀，但我觉得他很优秀，人也很好，我也觉得与有荣焉，因为他喜欢和我玩。我们的关系是在不知不觉中开始的。我也愿意往有他的地方凑，不经意地做些什么，比如帮他洗衣服，收拾屋子。在酒席上的时候，我们俩的眼睛看来看去，他看我，我就回看他，然后我们就笑了。我们根本不理睬别人。

有一回我们一起在我大姑家吃酒，也是为爷爷带点大姑家的酒曲回来。回家时已是晚上八点多了。我俩一起走路回霍童。要经过一片坟地，我吓得不敢说话。他就一直握着我的手，侃侃而谈，说他在城里的事情。说的都是开心的事情。后来我听说的那些消极的可怕的事，他一样都没说过。我基本上插不进话，就不断地咯咯咯地笑，真的跟傻瓜一样。他说，你怎么不说话的，光我说？可是他这话一完，又开始自己说上了，我只好又咯咯咯地笑，却没记住他说的任何话，真的很傻的。我喜欢跟他在一起。在一起，我就很快乐。

到家时，天彻底黑了。要分开了，他突然不说话了，看着我，我立刻止住笑，也看着他。但我们的手没分开。他慢慢地用力，把我拉过去。我的身体立即就僵硬了。我那一刻好像懵了，傻瓜似的，他把我拉到身边，突然猛地把我抱紧！我哆嗦了，喘不过气来。

回到家后，我竟然发现裤子上有点尿。我竟然尿裤子了！可能是太兴奋了。更让我自己不可思议的是，第二天，我和他单独在一起的时候，我居然把这件事悄悄告诉他了。陈维楸愣了一下，后来笑了：你尿炕？我说我不尿炕，这不叫尿炕。他说，那就是尿失禁。结果，我俩有了第一个秘密：尿失禁。之后，他经过我身边时都会笑一下眯个眼。我就狠狠掐他一把。不好意思，我怎么连这个都讲出来了？

苍红难为情地捧住脸。我倒觉得她是有意说给我听的。我问：这有什么？都那么久了，说出来也没什么了，你还可以告诉我，你们到底发展到了哪一步？

苍红说，我们……没干什么，他很斯文的，但是我们发了疯似的爱对方。我能感觉到，他抱我时抱得很紧。我每次都能感到……感到他激动了，鼓胀起来，紧紧地顶着我，但他就是能把它忍回去。有一次我都准备放弃了，他还是忍住了，说，等我回来娶你。我听了快哭了。我们就到这里，就这样互相紧紧抱着，就很舒服了。

你们真的有谈到结婚？你们才多大？

我父母知道我们的事，他们是很高兴的，乐见其成。所以他们也把我从镇上送到市里去读书，住我姨妈家里，他们希望我也考上个好大学，好配得上陈维楸。陈维楸他爸却始终没有发现我们的事，看来，陈维楸是没告诉父母的。我也没问为什么。只要我们相爱着，就一切都满足了。

正讲到关键处，我爸在楼下喊我。我不想回应。结果他上来了。我对苍红说，我们晚些再聊，我想听。这时父亲走进阁楼，说，下午去殡仪馆接你哥，你忘了吗？

我说没忘。

你是妹妹，你要来端盒子。他说。他是指骨灰盒。

爷爷雕削的那副棺材，渐渐成形了。巍峨的棺材上盖俨然产生一种威严感，并平添了略微恐怖的意味。我闻到了白茬棺木的原木清香。爷爷露出半边身子，把衣服别在腰间，用刨子推着棺材，木花落了一地。

父亲呆立在一边。他在请求爷爷一起去殡仪馆接哥哥的骨灰盒。爷爷说他没时间，要赶工。我一直不明白，为什么过去那么爱陈维楸的爷爷，现在却一反常态地冷漠。父亲说您不去，我怕亲戚们说我。爷爷说，那是你的事。看来他仍然没有原谅父亲。

我们只好在爷爷缺席的情况下，一行人朝殡仪馆出发，除了家里的亲戚，陈刚和苍红也来了。县殡仪馆并不远，因为建在县城的郊区，所以反而离霍童很近。我们翻过一个小山坡，渡过一条小河就到了。殡仪馆年久失修，白墙几乎全部被雨水侵蚀，变得黑乎乎的一片。刚刚有一队送葬的人马离开，专辟的鞭炮区里散发出硝烟，与焚化炉的黑烟混合在一起。我竟闻到了一丝烤肉的味道。对不起了，多有不敬，但愿是我的幻觉。

殡仪馆的骨灰堂在另一侧。巍峨的骨灰架高耸，像图书馆似的。很快就找到了哥哥的骨灰。父亲揭开盖在骨灰盒上的红绸布，陈维楸的照片赫然在目，用的就是那张长得像袁克文的照片。父亲默默地看着儿子的照片，站着一动不动。我觉得陈维楸的眼睛好像一直在注视我，不禁打了个寒战。父亲重新盖上红布，把骨灰盒端起来，交给我。

我没想到骨灰盒那么重，差点给摔在地上，吓出一身冷汗。主要是这个陶瓷罐子太重了。陈功叔在我旁边打起了一把伞，对骨灰盒说，维楸，带你回家了，要记得路。

我们一队人开始步行回家。一路上谁也没说话。比起那些敲锣打鼓的送葬队伍，我们更像一队幽灵。陈功叔的伞始终笼罩着我和骨灰盒，上山，他就说一声：维楸，我们上山了。过河，他又说，维楸，过河了。父亲一路表情凝重。苍红低着头，看不清表情。陈刚似乎想跟她耳语什么，苍红一个劲儿直往前走。

骨灰迎回到了酒坊，进了堂屋。棺材已经基本成形，爷爷的身影已经不见。他大概不想看见孙子的骨灰盒，因为太过伤心。父亲却把骨灰盒安放在棺材旁边的神龛上，以前这里是祭奠酒神的。父亲上了三炷香。大家就渐渐散去了。过几天，骨灰盒就会安放在棺材里，抬上山安葬。这个棺材是爷爷专门为哥哥定做的。

只剩下苍红一个人拿着扫把在清扫地上的木花。我凝视着骨灰盒上陈维楸的照片。苍红说，他没这么胖，他其实更瘦一些。我说，嗯，照片都会使人变胖。这时，外面开始淅淅沥沥下雨，幸好我们已经回来了。南方山村的雨水会在你难以察觉的时候悄悄来临，就像任性女孩的眼泪，无声地落下，随之气温降低，穿堂风掠过，空气中飘散着一股酒味。

我们坐一会儿。我对苍红说。

苍红收拾好笤帚，坐在我身边。她呆呆地盯着骨灰盒上的陈维楸，眼睛越来越深，像消失的黄昏。我在想：为了这个男人，她竟然守身至今，连大学也不上了，就守在这酒坊里，这得有多爱他呢。她拿起一块布，开始擦拭骨灰盒。

他竟然不胜酒力，这我真没想到。我说。

他也不是不会喝。苍红说，只是比我差多了，要试那么多酒，他就不行了。

可你喝他不喝，怎么试得出来呢？

他喝我嘴里的。苍红罕见地笑出声来。我喝一口，他就在我嘴里咂巴点味儿。

我笑了，你们这一对呀，嗨。很亲密嘛。

不过我们真的没做出格的事。这就是最出格的了。苍红说，他这个人不爱说话，没开口先脸红，一句话吭哧吭哧地半天说不清楚。我们一抱上，他就脸红耳赤，很老实的。

这我相信。看这面相就是。

但他的嗅觉很灵敏。他连走路都是靠气味来辨别的，跟狗似的，我叫他狗子。我知道这个人有才，而且不是小才，是天才，因为他跟别人不一样，他很聪明的，魔方他不到一分钟就解开了，猜灯谜像连珠炮似的，把答案全说出来了。所以，他考大学都不需要努什么力，但他好像对考大学不怎么感兴趣，被他爸爸一逼，他对考大学就变成厌恶了。

这怎么说呢？

我说过了，他这个人跟普通人不一样，就是说他注意的事情和我们不同。我接他回村，他不骑我的自行车，要走路，一路走，一路闻。他就爱闻嗅，什么烧稻草的气味，牛屎的粪臭，泥土的腥气，他说不同季节的溪水也有特殊的味道，我就闻不出来了，走到村口，他说前面有沤肥，就是农村把生肥堆了发酵的，果然不远就有一堆。到了酒坊，他还没进屋，就知道我们最近在酿什么酒，大概封缸有多长时间了，他说得八九不离十。

他不喜欢老在屋里研究书本，爱在外面干活。他一回到酒坊，就忙得车轱辘似的，和陈刚一起把酒缸抬到屋外，堆上稻壳，烧起来，这是熏酒。米酒不熏是不好喝的，也是一种清毒。

从米酒发酵的层次，从水到酒的每一步，陈维楸都烂熟于心。他用手摸着酒缸口上白色的结晶，上面居然长了点非常细微的小草，他对我说：奇妙吧？我没明白，他又说，你再看看，说明什么？我还是不懂。陈维楸说：这就是生命，它没停止，它还在生长。酒是有生命的。

我看着那些细细的小草，好像明白了。我们都很奇怪，他一个中学生，怎么会对酿酒那么感兴趣呢？跟魔怔似的。

不知道从哪一次回来开始，维楸变得不快乐了。我忘记了具体时间，反正是高考前一年左右。陈维楸变得心事重重，我肯定是知道一些原因的，就是他并不太想考大学，或者说是考他爸要他上的北大清华。他想学习一门具体的技术，但并没有一所专门研究如何酿酒的大学，所以他也很迷茫。但显然我的想象太过于简单了。陈维楸每回来一次，情绪就更低落一层。我也不知道如何才能使他重新快乐起来。他开始每一周都约我回霍童，这对于我来说很正常，因为我的父母都还住在霍童，对于他来说，就很不正常了。他好像要有意躲避他的父母。

他回来就住在酒坊的阁楼里，我问，你父母不担心吗？他说他爸知道他回来复习功课。我就不好说什么了。其实他很快就做完了功课，其余时间都用来酿酒和跟我腻在一起。他比以前的任何时间都愿意我陪着他。他好像心神不宁，像丢了魂似的，要我抱着他，像抱一个孩子那样。他就枕着我的腿，脸贴着我的小腹。灼热的呼吸打在我小腹上，我突然有一股很强的感觉。我很难为情。但他却睡着了。抱着我的腰脸贴着我的肚子睡着了。

或者你爸是对的呢？我对陈维楸说，先考上大学，然后再做你喜欢做的事，没说考上清华北大就不能酿酒了吧？

考上清华北大，就是不能酿酒了。他说，因为酿酒的专业不在清华北大。

那在哪个大学呢？

我不知道。我查了，并没有哪个大学专门开这个专业。

那就对了。我说，你可以先上个好大学，毕业后再说。我这样说是有原因的，我父母之所以支持我和陈维楸谈恋爱，是因为他能考上清华北大，而不是去酿酒。我有这个隐忧。

但陈维楸说，我就是不能上清华北大，我知道这会是什么后果，一定不能做我喜欢做的事情了。这是肯定的，他们为什么不让我做喜欢的事情呢？苍红，你告诉我。

哪个父母不这样？我说，你难道真不知道，还要来问我？

陈维楸问我，那人一生意义在哪里呢？是完成别人的使命？还是自己的？我自己到底要什么？别人的使命与自己的爱好，到底如何平衡？

你别问我这么高深的问题，我不懂。

陈维楸说他一直感觉父亲不喜欢他，我一直向他解释，这是不可能的，你父亲为了你想方设法去赚钱，苦口婆心劝说你，怎么可能不爱你呢？我突然觉得陈维楸有点偏激了，这个人的性格确实是比较奇怪的，因为他这个年龄的少年，人生道路基本上就是靠父母安排的，最多有些少年叛逆，他却自有主张，而且居然胆大包天到想不考大学。但直到他死后很久，我才慢慢理解他，还有他的话：他所说的父亲不喜欢他的那个"他"，不是作为儿子的"他"，他说的是不喜欢那个自由的他，有自由意志的他。陈维楸觉得，父亲完全无视并完全不了解那个内心有自由意志的他。自由意志这个词，还是陈维楸教给我的，我牢牢记住了它。陈维楸只是比同龄人早一点意识到里面的那个他罢了。

　　高考越迫近，陈维楸就回来得越频繁，每次都把我约回来，我们的爱情急速升温，我的父母都着急了，怕我谈恋爱影响了高考。他们很矛盾：既支持我们相好，又怕我影响学习考不上。陈维楸的父母则完全想不到他是回来和我谈恋爱，他们以为他是回农村静心备考的。

但很明确的是，每次陈维楸愁着一张苦脸回来，见到我后他就会笑起来，显得快乐。我一抱着他，他的不安好像就消失了。陈维楸是个天才，但他其实非常脆弱，也很孩子气，只有我知道，他非常依赖我，他的眼神游移不定，我一抱着他，他就安定下来，明显是在我怀里找安慰。有时我竟然感觉他像儿子，一种母性涌上来，想保护他，我意识到他并不坚强，极度聪明又极度脆弱，又不爱倾诉。见到我时如果我不问，他就什么也不说，只说见到你就开心了，就什么事也没有了。我无须去了解是什么事，只要他安静下来了，就可以了。所以，对于他和他父亲到底发生了什么具体的冲突，我并不是非常了解的。说不定并没有什么特别重大和恐怖的事，像别的父子之间的冲突，大到大打出手的事，我了解陈维楸，一点小事只要足够敏感，就可以打垮他，他太敏感了！他说他像一支芦苇，会思想的芦苇，一滴水就可以打垮他。的确，他真的垮了，死了。这真不怪他爹，他爸并没有怎么折腾他，只是不太了解他的内心，只是

跟他心里那个"他"毫无联系，这就足够让他
灭亡了。

苍红说到这里，眼圈发红。双手掩住眼睛。
我渐渐地明白了：眼前这个苍红，并不是一个
村姑，她是曾经考上大学，却跟陈维楸一样最
终未能读成的人，或者说陈维楸的死击碎了她
的爱情，也击碎了她的大学梦。从此，她沦为
一个村姑，一个酒坊厨娘，一个守身如玉的"未
亡人"。她的命运是和陈维楸捆绑在一起的。
她把秘密压进了酒瓮，埋藏了十几年，一直在
等待和寻找一个出口，她需要倾诉，向人吐露
所有的秘密，这个人就是我。

我想澄清一个事实。我说，只有你能告诉
我，陈维楸到底是怎么死的？他是病死的？还
是跳楼死的？苍红，并没有人愿意告诉我，他
是怎么结束生命的。我希望你不要向我再隐瞒
了，这事过去那么久了，没人再有意愿去追究
责任。我不好意思跟我爸追根究底，因为他是
最大的嫌疑人。现在，请你告诉我，他到底是
怎么死的？

苍红抬起头来时，已经满脸泪水：他是自杀的！当着他爸的面，自杀的！

三

苍红的说法让我非常震惊！她强调的陈维楸"当着他爸的面自杀"的话，立即把我爸置于一个被审判者的位置。她的话中无论是否透着怨恨，至少在因果关系上把我爸和陈维楸的死捆绑了一起，很清楚了，这代表她的立场。作为直接见证人，我很害怕她说的是全然真实的事实，因为我爸将成为真正的"杀人者"，一个直接逼死儿子的父亲！这在我是无论如何也不能接受的，也不是我印象中的父亲：在我记忆里从小到大父亲都是那么温和、慈爱，对我说话永远都是那么轻声细语，对我的要求永远都是"好好好"，几乎到了无原则的地步，他怎么可能是那个把亲生儿子逼迫至死的恶父呢？完全无法想象。打死我也不可能相信那是事实。这是两个人，就像铁与血一样不可调和。

　　据苍红描述，陈维楸是在老家霍童自杀的。所以，我决定找一个最可能了解真相的人，让他来揭开真正的秘密。这个人就是我的叔叔，陈功。

　　酒坊下面飘来一股浓郁的酒香。陈功叔在藏酒房里折腾什么，他准是把哪缸酒给打开了。我循着酒香来到藏酒房，只见陈功叔正在试酒。他见到我来，说来得正好。他拿小塑料杯分别取了两缸的酒让我品尝。我说我不懂酒的。他说你就尝一舌头，看看哪缸的味道会好些，你就只管说。我试着哑巴了几口，说左边的好喝点。陈功叔像发现了什么秘密似的，说，我就知道，你一定不会说错。我不以为然。陈功叔解释，他跟陈刚争说我一定跟陈维楸一样，有遗传，对品酒有相同的天赋，果然。这两缸酒其实是差别不大的，你能品出来，说明你和陈维楸确实是一血兄妹。陈功叔笑着说。

　　我还是说出了我的要求，就是那个晚上到底发生了什么。那个最后的夜晚，我希望陈功叔能坦诚地告诉我真相，我也只有寄望于他了。陈功叔听到我这个要求，脸色突然就变了，表情凝重起来：这种事情……你怎么问我呢？你爸没跟你说吗？我说他不说，我才求助于您。陈功叔叹了口气，这都过去十几年了，难受的事，还说它干吗，在霍童我们都不说这事儿，太痛苦了，不堪回首！所以你爸不愿提也是有苦衷的。我说这回我非把这事儿搞清楚不可，我爸带我回来也有这意思，只是他自己难以启齿，所以，叔，您就告诉我吧！现在要为哥哥迁坟下葬了，也到了该说的时候了。

　　陈功叔左右为难的样子，他重重地叹出一口气，把酒缸盖上，拉着我的手往外走，一边走还一边四下打量，怕有人听到。我们到外面说吧，不在这儿聊。他一手拉着我，一手抄起酒壶，我们走到酒坊空坪另外一端的石桌石凳边坐下。他把米酒倒在口杯里，说，我们边喝边聊。

　　我当然永远忘不了那个晚上，那是个什

么夜晚呢？那是个喜庆的夜晚，月亮比今晚上更亮更圆。我说我哥挑了个好日子，回霍童来摆庆功宴，他已经在城里摆完了谢师宴，这是专门回老家摆的庆功宴，来庆祝陈维楸考上了985，七百多分，清华和北大居然同时都想要他，这在化州是从来没有过的事。你爸在教育陈维楸的事上无论遇到过多少挫折和艰难，现在他都觉得值了！这句话是他亲口对我说的，所以他要我好好张罗这十桌大宴，几乎把全村人全请来了，酒席从酒坊的这一头，摆到了另一头，我是说廊下，露天的地方也摆满了，可见你爸当时的财力雄厚，因为他不收礼，只请客，多豪啊，我知道我哥是要借此机会也展示他的成功，作为全村当年考得最好的，今天他是如此成功，也让人看到做医生有多赚钱，当然，必须是院长，那灰色收入是海了去了。现在，你爸当年的高考纪录，是被自己的儿子打破的，你就想想，这是一件多牛逼的事！你想想，你爸那心情，能不上到了天上吗？

但古话说，乐极生悲，真是不幸言中！这

全家人，不，全村人都高兴得不行，大宴宾客，普降喜雨嘛，但是，只有一个人是不高兴的，对，那就是陈维楸。他这个人很低调，不爱说话，喜怒不形于色，所以，大家根本没发现，但我瞅见了他一个人的时候，坐在酒坊的锅炉边发呆，眼神空洞，脸色发白，表情莫衷一是，似是而非，我都说不清楚他是什么表情，既不是痛苦，也不是难过，就是像木头一样，像纸马一样。纸马你知道吧？就是扎给死人的纸人。我知道他不满意他爸要他考大学，但他再痛苦也不至于做出这种表情是吧？我觉得不是这个原因，是别的情况，他的魂好像丢了。回家后的第三天，我们才举行庆功宴，因为杀鸡宰猪得准备几天，这三天我看他像一个游魂一样荡来荡去，不断在一些地方发现他，突然冒出来，又消失，问他在干什么，他说就溜达溜达，有时答非所问。我跟他爸说过一次，我说维楸是不是病了？他爸说，他能有啥病？心病！等庆功宴一摆，他百病全除！我听他这么说，也就觉得应该没事吧，也因为要筹备宴席很忙，所以我就把这茬忘了。

庆功宴如期举行。非常成功，我们村十几年没这么热闹过了，比过年还喜庆。鞭炮放过了，你爸带着陈维楸开始一桌接一桌敬酒。陈维楸酒量果然不行，但那晚很奇怪，他的脸越喝越白，表情越来越痛苦。经过我桌边的时候，他痛苦地对我小声说：苍红为什么没来？我这才醒转来，以前都是苍红代他喝酒的，那时才一两桌，现在是十几桌，我心说完蛋了！我说叔代你喝。陈维楸不置可否。我哥骂我：你别来添乱！今天让孩子喝个够，就算醉了也值得了！对着乡亲父老，陈维楸，拿出点男子汉的气概来，自己喝！喝醉了爸背你上楼！

说到这里我自己都疑惑了，难道只是喝酒把陈维楸喝死了？或者喝糊涂了？难道是他醉了，所以才操起桌上的一把刀刺向他自己？不，好像不是这样的……等我想想，可事情就是这样的，我看见陈维楸的脸色越来越难看，他的脑袋转来转去，东张西望，也许当时我自己也喝糊涂了，所以记忆有些模糊。我看见他爸喝得脸膛涨红，哈哈大笑，到处呼朋引伴，四处敬酒，另一只手牵着陈维楸，拖来拽去，像拖一堆垃圾，有一下陈维楸差点被椅子绊倒。不，更像一个强壮的男人拖着一个女人，我是说陈维楸这孩子的表情，已经难看得像一个怨妇了。

陈刚的爹陈老坎对陈维楸说，你看看今天！要是当初你爹不管你，随了你这孩子胡来要去读技校，今天就没有这北大清华了！得亏你爹吃的盐比你吃的米多。你爸接过话头说，嘻！他就一小屁孩，哪能随他胡来！我告诉你们一条经验，孩子就得打，打到服为止！痛定思痛，我比这更厉害，打到孩子跳楼！我不心疼吗？但跳楼了，付出了血的代价，就清醒了！不见血，就不清醒！得见血，见泪！否则，一辈子没出息当怂包，还不如跳楼死了好！

我虽然也醉了，但不如我哥喝得多，我意识到他真的醉了，这话真不该说，我拼命把他拉到椅子上坐下。对陈维楸说，别听你爹胡说，来，这杯酒叔替你喝了。陈维楸说，谢叔。

陈维楸突然身体僵直，脸色苍白。我说，你是不是要吐了，赶紧到外面去吐。陈维楸站起来，跟跟跄跄地奔跑出去。

苍红正好走进来，她看见陈维楸从桌上拿起一把水果刀，往脖子上抹去。鲜血立即像喷泉一样射出来，溅满了半块桌布。苍红惊恐地惨叫，抱住了陈维楸。陈维楸脖子上的动脉破了一个大口，鲜血毫无章法地乱喷，非常吓人。苍红被喷了一脸鲜血，痛苦地大喊：来人呐！来人呐！陈维楸的手紧紧抓住苍红的腰，手指甲抠进了肉里。他大口大口地喘气，说，好没意思，好没意思……好过分，好过分……这就是他最后的遗言。众人扑上来时，他已大量失血，喉咙里发出气声，就是像鸟叫一样的嘶鸣，他爸从苍红手中抢过陈维楸，大叫，快把我的包拿来！车钥匙，车钥匙！

他冲到车旁，大声重复呼喊陈维楸的名字。我找到钥匙，我开车，他爸一直抱着他。我们往镇上飞驰。

实际上抱上车不久，陈维楸就断气了。他

爸还在不断地喊他，一路上不停地和他说话。

连镇上的医生都说，没必要往县上送了。他真的没有生命迹象了。他爸好像要疯了，不停地质问：你怎么知道？你个乡村医生你怎么知道没有生命迹象？你懂个屁！我才是医生。

接着我哥上演了很尴尬的一幕：他指挥着镇卫生院的医生止血、接氧气瓶、打肾上腺素、电击，最后自己为儿子绝望地做心脏按压，人工呼吸……这个优秀的专业医生，一遍又一遍，对着一具尸体做了三十分钟徒劳的努力，我听见陈维楸的胸骨断裂的声音，我喊道：哥，骨头断了！

你爸才慢慢地停下来……

我哥一直无法接受这个事实。直到第二天，他全身还是僵直的，一直在床上躺着，而且无法说话。好像是什么失语症。就是突然间就不能说话了的那种。

他儿子活活地死在了他面前。或者说，就是死给他看了。

我把那辆溅满了血的奥迪车拿去洗，没有

洗车店愿意洗。我只好自己开到河边去洗，洗了好久，还是一股血腥味。后来我哥也没法用这辆车了，把它送给了我。

我也好久才适应。一直不敢用它。因为那天晚上的事情历历在目，太恐怖了。

孩子，现在你大概也明白了，为什么爸从来没跟你提起过十几年前的这件往事，甚至连你有个哥哥的事也没说，因为它是爸心中永远的痛。陈维楸是死在我面前的，到今天为止，我从来没认为儿子是在报复我，反而我是深深地明白，是我直接杀了他！是我害得他走投无路的。当然我也绝对没想到他竟然真的能那样决绝地对待自己，不过我应该想到的，因为他已经跳过一次楼了，都怪我，一心想让他上985，蒙蔽了我的思想和判断力。我爹对我的棍棒教育的卓有成效，更使得我忽略了陈维楸的心理问题，我以为承受力是要在对抗和打击中锻炼出来的。可是我错了，陈维楸虽然是我生的，性格却与我两样。我亲尝了苦果！

其实，当时陈维楸的学习成绩出现了严重危机，否则我也不会急眼。

出事前半年，学校公布了上学期期末考试分数，陈维楸在本班的分数排名跌到了五十多名，这是令人难以置信的！为此他妈大哭了一场；陈维楸作为学校最有希望考高分的学生，长期受到校方的重点"关照"，平常除了各种补课，很少拥有课余时间。所谓"考考考，老师的法宝；分分分，学生的命根"。可是竟然出现这么严重的倒退，要么他的心思突然完全转向了，就是无心学习了，要么就是他故意不学习，蓄意对抗我们。当时其实更着急的是他妈，他妈对他说："如果考不上大学，你就别回家啦。"我反而比她平静，我觉得也许这孩子真的疯狂爱上了烹调和酿酒，心思完全不在学习上了。对，只有这个可能，他不是一个缺乏学习能力的人，只是他性格非常固执，喜欢上一个东西，就深陷其中难以自拔。这跟普通孩子完全不一样。

他妈说，要不，我们跟孩子好好开诚布公

地谈一次？

我说，不，按目前他的情况，他肯定不会听我们的，谈了也没用，现在不是找他谈，听他说的时候，是我们为他把方向掌舵的问题。我倒同意我们俩先好好想一想，谈一谈，看看能不能真的放这孩子去学厨师？说不定他日后成为中国第一名厨呢？我们拿出三天时间，好好想一想。

所以，我并不是铁板一块的，我不是那个跟我爹一样的强暴父亲，我也是想过按照孩子的意愿的，我并非铁石心肠。但遗憾的是：三天过后，我左思右想，翻来覆去地反复考量后，得出的结论是，不，不能由着陈维楸胡来，厨师没地位，没前途，他不能放弃985，这种人生选择风险太大了。我和他妈合计，他妈三天的思考结果跟我一模一样。我们必须以强力规正陈维楸的方向，无论采取什么方法。

我怕我会祭出强暴过激的行动胁迫儿子，于是派出他妈去跟他谈。他妈其实也没什么办法，就是一个字：哭。她就是哭字诀，哭到儿子心软，哭到儿子心痛。最后，儿子妥协了，同意考大学了。我以为问题终于解决了，虽然经过挫折，结果好就一切好。

但我们被他欺骗了！一个学期过去，他排名只进了两名，这等于表明根本没把我们的话当话，根本就是在阳奉阴违。或者说他压根儿没用心在学习上，与此同时，因为住校，学校在郊区，离霍童很近，他找到了逃课而不被发现的方法，一有机会就往霍童跑，我们被蒙在鼓里。当我发现这一切时，简直要气炸了！我把他关在屋里，正式祭出我们家传统的撒手锏了，我是万万不想使用这个办法的，是被逼走投无路了，在城市单元房里是没有柴墩子的，我就操起了一把椅子，重重地朝他身上抡去。我特地找了个他妈不在的下午，开始痛殴这个阳奉阴违的家伙！我要把他打痛，我要把他打出屎来！我发现对孩子讲道理根本没用！他还没长大，讲道理的器官还没发育完全，就是得打，得揍趴了，得打服了！这也是他死前我在酒宴上说的话，要强力把孩子打进光明的前途！如果陈维楸是那种没有天资根本不会念书的孩子，我今天不会这么揍他，他是很聪明的，却在故意和我们对抗，这非常可恨！我操着椅子猛劈在他身上，开始他强顶不躲，后来可能非常痛了，开始躲避号叫。我穷追不舍，把他逼到卫生间里，在他的肩膀上、腰间和腿上猛劈！我尚存理智，没劈他的脑袋。陈维楸鬼哭狼嚎地，一反过去平静的样子，抱头痛哭：我不敢了，我不敢了……我好像是我父亲的魂附在了我身上，像疯了一样，最后把我手上的椅子打得七零八落，散架了，扔了一地。陈维楸伤痕累累，耳朵上血流如注，拉了小半只耳朵下来。他全身都在颤抖。

他妈回来，看到这一幕，吓得尖叫。她立即叫了救护车，把陈维楸拉到医院去了，耳朵缝了十几针。幸好没骨折。我打完立刻就后悔了。但我不好意思去医院。后悔是情感上的，很痛苦，但理智上我觉得自己做对了。

事实证明，是做对了。因为结果是好的：他考上了985，而且是清华和北大都想要的考生。但最终结果是恐怖的：他活活死在了我面前……

所以我说，陈维楸是被我打死的，活活打死的。他在割喉之前就已经死了。割喉只是一道手续而已。我酒席上说的话不过是导火索和催化剂，死亡早已种下了。因为陈维楸跟别的孩子不同，他是打不得的，他不像男孩，他就像女儿一样是打不得的。

陈维楸走了之后，我和他妈的人生大翻转，完全失序，彻底脱轨。从那之后，我们夫妻两人一蹶不振，整日争吵厮打，互相责怪对方。我的副院长也不当了，整天沉迷于钓鱼和作诗写生，他妈妈更是一夜白头，日日沉浸在懊悔和自责之中。又过了两三年，我们离婚了，我回到老家的小医院当了个普通医生，好多年以后，遇上了你妈，生了你。陈维楸他妈提前病退，回了老家，从此不知所踪。到现在我都不知道她在哪里，生活得怎么样了。我们的生活随着陈维楸的离去，完全地被击碎！

我有时会偶尔与昔日的好友联系，都是组

局喝得酩酊大醉，我一边痛哭一边回忆自己的儿子，虽然孩子学习不好，但他从小到大都很听话，总是安安静静的，见人很有礼貌，不知道为什么偏偏在学习这件事上不依从我们。而作为父母的我们，对待这样一个乖巧懂事的孩子，却像对待一件失败的作品，对他极尽苛责与打压，小时候嫌他的玩伴没个正经孩子，长大后嫌他学习不好丢人，中考后强迫他去读了他毫无兴趣的私立学校，念不进去就痛骂他没出息，面对孩子的唯一一次反叛，我们想的不是孩子有没有遇到什么困难了，是不是真的不感兴趣，而是强势地斥责打骂，怪他给他安排好了路都不走。现在想想，孩子既没有违法乱纪，也没有沾染恶习，除了坚持自己的兴趣之外，非常善良、懂事又健康，又有什么好奢求的呢？我无比懊悔，却于事无补。

　　我那个白净、瘦弱、文质彬彬的儿子，那个见了狗都会羞愧的少年，我想过去的他在面对强势掌控欲极强的父母时，一定非常无助吧，他站在酒坊楼顶的那一刻，肯定是彻底绝望了吧。

然而，我现在有千千万万个问题要问他，想要知道答案，我想听听他怎么说，我想听他的声音，他都无法告诉我了！

他再也不会回来了！

昨天晚上我看公司的案子看得太晚了，今早就醒不过来。我迷迷糊糊听见有人叫"维秋，维秋"，那是在叫我吗？我挣扎着起了床，开窗往下一看，居然是爷爷在叫我，吓了我一跳。这是爷爷第一次跟我说话。我急忙下楼，看见爷爷正用刨子仔细地修着那副棺木。他指指旁边。我看到了一筐杨梅。爷爷说，你拿去吃，山上刚摘的。我心里一阵温暖。好大一筐，上面还盖着几片杨梅树叶。我说我拿去洗。爷爷说刚用泉水洗过的。我说谢谢爷爷。爷爷对我笑了一下。我突然想问他一些陈维楸的事，最后还是胆怯了，不敢问，端起杨梅就走了。

我进了苍红的房间，她正在收拾屋子，捆了被子。我说你要搬走吗？苍红说，有客人要来了，要住这儿。我问是谁？苍红说，是陈维楸的妈妈。我吓了一跳，以为自己听错了，再问了一遍。苍红说，你爸说是陈维楸的妈妈，她也要来参加陈维楸的葬礼，今天就会到。我说我爸都和她断了联系呀。苍红表示她也不知情。我请苍红一起吃杨梅。苍红吃了，说，你别怪爷爷不爱搭理你，自从陈维楸走后，他谁都不爱搭理了。他最爱陈维楸了，说陈维楸不是他孙子，是他儿子。

谁能不喜欢陈维楸呢？我感叹道，天才一般的孩子。

维楸是天才。苍红说，他真的想考大学，分分钟拿下，当时我拿过前几届的卷子给他做，他都是不到一半时间就做完了，而且不会错多少。他纯粹就是不愿意从他爸的意。他对酿酒入了迷，真的是迷进去了，这连我也感到有点不可理解，我并没发现酿酒有多大的吸引力，但他能在我面前说出一大套来。

对了，他跳楼那次回霍童，到底是因为什么回来的呢？

那是他要参加那一届的两省八县（市）的米酒节古法酿制比赛，要回来准备三个月。他爸肯定不会同意的，因为马上要高考了。他就偷跑回来，爷爷给他打掩护，不料让他爸知道了，就出了跳楼的事。

这个比赛真的有那么重要吗？

很重要，评委都是省级和全国级的，他和爷爷鼓捣的一款古法米酒一直无法拿到 SC 标准，如果得奖，就可以拿到食品生产许可证了。但这个备赛和备考时间冲突了。陈维楸的偷跑让他爸非常恼火，他一直认为陈维楸是故意的，编了个比赛的理由要和他作对。实际上真的有比赛的事。

有一件事我一直想问你，你自己对陈维楸这种做法持什么意见？

苍红听到这话，没吱声了，一个劲儿吃着杨梅。我说你想什么就说出来。我估计她并非那么支持陈维楸，因为陈维楸的做法对于一个少年来说，实在太过另类。但苍红却回答了我的问题：我喜欢他，所以，无论他要做什么，我都支持，我都认为是对的。

那为什么你们分手了呢？我听说他死前你们就分手了。

苍红脸上露出有些难受或者说难堪的表情。不是我要分，是我家里不同意。她低声说，原先很支持的，后来看着陈维楸不上进了，连大学也不上了，还撺掇我也不上大学，我爹就不乐意了，非要我和他分开。

那你自己不能拿主意吗？

苍红突然捧住脸，垂下头。

我知道，我不应该问下去了。

我起身说我要去找我爸。苍红突然拉住我，从床下掏出一本笔记本递给我，说，对不起，我把维楸屋里的东西拿走了，就是这个，他的日记。我保存了十几年了。没人看过，除了我。现在，我把它给你吧。我不想别人看它，只能你自己看。

这本日记显然是被火烧过，但只烧黑了封皮和边沿，无伤大雅。

我很惊愕。我就知道她摸摸索索从阁楼里

拿走了什么。我接过日记本，说，我一定不给别人看。

陈维楸的日记本就像一颗炸弹一样放在我包里。我心突然狂跳起来，让我居然有些畏惧去看它，仿佛害怕被什么秘密压倒似的。

我去找我爸。他正交代陈刚车子的事情，下午要去接陈维楸的妈妈。我问我爸，为什么不把陈维楸的妈要来的事告诉我？我爸说他也是刚知道的：原来，是陈维楸的妈妈打电话给陈刚，让陈刚通知我爸的，而陈刚是参加了一个公益慈善组织，意外地遇上了陈维楸的妈妈，她也在这个组织里，但是人在湖南，这是一个全国性组织。她了解到儿子要重新迁葬，就决定来参加，但她最后才让陈刚透露给我爸。

她好吗？我问。

爸摇摇头，我也不了解，我们分开太久了啊，只要她一切安好，我就知足了。到时你自己去了解，你自己去谈。我听陈刚说，她现在已经恢复过来了，一直在帮助别人，做安慰心灵的工作，我想，她的心情一定不会差吧。下午，你也跟着去，一起去接她吧。

下午，我们去接陈维楸的妈妈崔琴，在高铁车站，我第一次见到了她，有些吃惊，因为她比我意料的要老得多，头发全白了，虽然脸色红润，但白发加上发胖的身材，已经像个老太太了，比起她来，父亲仍像个中年人，崔琴就像他的姐姐一样。我和陈刚争着拿行李，我爸和崔琴互相对视，我和陈刚就借机先到车上了。他们分开那么久，不知道要说些什么。

实际上他们也没说什么，在车上寒暄了几句，崔琴倒像是对我更感兴趣，一直找题跟我说话，问我的事。她给我的感觉与父亲的描述有出入，并不是一个颓废的形象，反而是有些热情的。据爸爸描述，陈维楸死后，她已经到了精神崩溃的地步，老是自言自语说是自己逼死了儿子，她酗酒，离婚后自甘堕落，酗酒加剧，导致肝硬化，不时传出危讯，好几次急性发作差点就死了，我爸还去照顾过几次，直到她迁回老家，中断联系，就杳无音讯了。但现在见到的崔琴脸色红润，至少不像个酒鬼了。

我和陈刚把行李搬进屋收拾好。我示意陈刚让我爸和她两个人聊会儿。我知道他们一定有很多话想聊。陈刚和我来到陈功叔家，陈功叔正要找我们，说马上要进行葬礼的彩排，我说又不是演出，说彩排不合适，陈功叔说就是预先安排一下线路和程序。于是我们演习了一遍。我被安排在队伍前头端哥哥的遗像。

吃晚饭的时候我又见到了崔琴。爷爷和崔琴说了不少的话，看来她并不像他儿子那样不受待见。吃完饭崔琴和我一起走回酒坊。我住阁楼，她住楼下。进到酒坊，她默默地在儿子的骨灰盒和遗像面前站住不动了，凝视了很久。我没说话，就立在一旁，揣摩着她的心情。她表情并不痛苦，只是哀伤。

我是到这次回来才知道陈维楸的事，我说，他们跟我说了不少。

崔琴说，你也想问我，是吧？

我一时语塞，有些尴尬。

幸好这时苍红来拿崔琴的衣服去洗，打破

了尴尬。崔琴和苍红说了几句话，她们好像是老相识了。不过苍红仿佛不敢抬头看崔琴，随便寒暄了几句，拿了衣服就走了。

我儿子要是还活着，一定会娶了她。崔琴说。

听说他们在高考前分手了。

其实还没分手，他们是闹掰了，不是苍红的责任，是她父亲。陈维楸很爱她，不愿意分开，他很依赖她，是他离不开她，也许是我们平时给陈维楸的爱太少了，他只能从她身上要。

我给崔琴泡上了一壶茶，崔琴转而夸我的衣服好看，然后一直看我，说我长得好，我很难为情，因为她仔细端详我，我不知道长得好是什么意思，是不是"好看"的意思，又说我长得跟她有几分神似，好像是陈成和她生的，这不恰当的比方把我惊着了。不过，我发现她确实有点喜欢我。

我转了个话题，问到了陈维楸父母跟他的那次三堂会审的内容。崔琴证实了有那次谈话。他爸不是那么冲动的人，今天有不少人误解他，总认为是陈成逼死了自己的儿子，这个并不符合事实。崔琴说，他是慎重和儿子交流过的，我在场，他详细听完了陈维楸的意愿，只是纠正了他的想法，这个纠正当时我也是认可的。他爸说，你想当厨师固然好，也有道理，我们也尊重你，但你还年轻，你的想法不一定对，当厨师，要当到全国级名厨，才有社会地位，厨师比起医生来说，被湮灭的可能大得多。你要当到全国响当当的名厨的概率是非常低的，就是因为整个概率低，不是你的问题，是这个职业的特征。陈维楸听了，无法反驳。我很同意他爸的说法。但学医就不同了，因为医生要获得社会地位，比厨师容易得多，因为成名的概率大，社会普遍尊重医生，不会普遍尊重厨师，况且是年轻厨师。所以，学医大概率能成功，保证一生的地位，医科是一门专业技术，技不压身，学好了，医生能干到很老，越老的医生越值钱。这是一个非常好的职业。陈维楸听到这些，更难以反驳。他觉得父亲既是谆谆爱他，又非常雄辩。

他爸最后说，在中国，必须要有地位，别人才会尊重你，要地位就必须有权力，这就是我不只要当医生、还要当院长的原因，钱、权和名三者是紧紧绑在一起的，人成功的满足感全在这里。这时候他回过头问我，同意不同意我的观点？我点头同意。

我看见陈维楸的头低下去，更低下去，无言以对。那时的他，大概才是非常痛苦的吧……他爸走后，我和陈维楸相对无言。我看着儿子迷惑和痛苦得卷成一团的脸，心中非常难过，当场哭了起来，我一哭，陈维楸就更痛苦，手足无措，叫着：妈，妈……但我望着陈维楸，记着他爸交给我的任务，说，孩子，你就答应妈一次，先上大学，以后大学毕业了，我们一定不管你了，全由你自己做主。我的儿子，是贴心的儿子，他非常理解他妈，说，妈，别说了，我听您的，我听您的……他甚至开始安慰我。

崔琴说到这里，眼眶湿润了。

陈维楸终于答应了我，答应了他爸。听说你也叫维秋吧？维秋，你听我讲了这些，你发现问题没有？你发现哪里出了岔子吗？

我茫然地摇摇头。

通篇下来，我和他爸从来没问过陈维楸一个问题：就是他为什么喜欢学厨师？没有，从来没有，我们谈的所有问题，都是我们要他做什么、成为什么，以及为什么我们是对的。

我们是不爱孩子的……崔琴说，这个道理是以失去孩子的生命为代价才明白的，可一切都晚了。

四

三堂会审结束之后，陈维楸违心备考，心理开始出现问题。他在做他不情愿做的事，他不快乐。这孩子的性格其实非常犟，强扭了，就出问题。三个月过后陈维楸出现了一些奇怪的症状，变得不爱跟任何人说话，在学校宿舍里，不跟同学说话，周末回到家，不跟我们说话。你叫他一声，他几乎像听不见，好久才反应过来，像在做梦一样。然后我们发现，他开始睡不着觉，连续失眠，脸色越来越差。到后期发展到非常严重了，竟然一个人自言自语，比如去洗澡，会一个人对水龙头说话，吃饭时也是小声地自言自语，我问你跟谁说话呢？他就如梦初醒一般。最后竟然在浴室晕倒，被120送医。可是到了急救室后，又慢慢地苏醒过来，好像没病一样，自己走回家了。医生说这是心脏官能症，他爸以为陈维楸又在故意骗他，好在我有一个同学是精神病院的医生，说这不是骗，是一种叫躯体形式障碍的精神病，就是躁郁症比较严重的一种，会波及身体反应，发作时像心脏病一样，必须住院治疗。他爸说，这怎么可能呢？马上要高考了。我犹豫不决。陈维楸的病越来越严重，不停地自言自语，好像在跟鬼说话。稍一有噪音就掩住耳朵，痛苦得像心脏病发作似的。直到三月底四月初，陈维楸发展到整周整周地失眠，完全失去了学习能力。

　　我和他爹彻底绝望了！他爹同意送去精神病院治疗。这意味着陈成正式放弃儿子了。他自己似乎也崩溃了！一个医生，整天长吁短叹，抽烟喝酒。

我们终于把儿子逼疯了。一个好好的儿子，健康的儿子，聪明的儿子，现在连澡都不想洗，一动不动地躺在病床上。我用一桶水把他泼湿，他才勉强进了浴室。我痛哭不已。

我第一次开始检视我们的教育有没有问题。在此之前，我实际上一直是站在我丈夫一边的。但从这一刻开始，我动摇了，我开始同情儿子了。陈成大骂所有人都和他作对。我让他骂，因为他终于放弃了逼迫孩子。我的孩子能活过来，他怎么骂都行。

孩子住院一个月之后，我接他回家度周末。陈维楸不再自言自语了。病情有了很大的缓解。这时，一件令人震惊的事发生了：陈维楸当着我们的面说，他今天去学校领了准考证，他准备参加高考。这话如晴天霹雳！我们简直不相信自己的耳朵。

陈维楸明确说：我要参加高考。

他爸高兴得喜不自禁，连声说：维楸的病

好了！病好了！真的好了！

　　这个周末，我们发现孩子不但精神正常，还很体贴父母。他的表情温和，看我们尤其是看他爸的眼神，竟然有了一种讨好和献媚的表情。他走后我才知道：这孩子在违心迎合我们，他不想让我伤痛！也不想让父亲难过。他有没有精神病都不知道，也许一切都是他装的，现在他装不下去了，也躲避不过去了，就决定参加高考，考个清华北大给父亲交代，仅此而已，他并未得到他要的东西，他很绝望，他只是还给我们要的东西，他能做到，轻而易举，但他毫无兴趣。当高考上榜后，他完成了任务，就去死了。

　　我要告诉你，不是任何人杀的陈维楸，不是他爸，不是高考，不是学校，是我，是他的母亲！在他最需要的时候，我没站在他一边。他最在乎的是我，我却背弃了他！

　　我觉得崔琴这样说是过了。至少她没讲明白她这样说的原因。或者是她根本不愿意提起。

　　失去儿子之后，我的灵魂和身体，我所有

的魂魄也随他一起走了。没有他，我活着就是野蛮的、自私的、不合理的。我怎么糟蹋我自己的身体都行，都无所谓。我和你爸离了婚，是不想拖累他。男人可以没有孩子继续生活下去，我不行。我的身体日益衰朽，破败。我估计来日无多。没有魂魄了，就一个皮囊是撑不了多长时间的。

有一天我从酒馆喝醉了回家。下大雪。我醉倒在雪里，睡着了。到早晨竟没有死掉，这事非常滑稽，喝了那么多酒，躺在雪里一夜，竟然没有死掉！有时你想死，反而死不掉。可是我躺在雪地里，只有意识尚存，全身像锁定一样，没有一处能动弹。这时我感觉脸上一股热气袭来，一条软软的热热的小舌头，在舔我的脸！那是一条流浪狗，身上全是癞皮，牙齿也脱落了，瘦得肋骨像一排手风琴的琴键。它在舔我的脸。我慢慢挣扎着起来，把它抱在怀里，它剧烈地发抖，我的心慢慢地融化开去：它都冻成这样了，还知道来舔我。都饿成这样了，还知道来安慰我。我的泪水夺眶而出！我把小狗抱回家，用毯子包着，生了炉子。给它喂了肉汤和米饭。然后去药店买了双氧水和高锰酸钾，给它洗干净了。

一个月后，它病好了，毛也长齐了。我叫她小秋。自从陈维楸走后，我第一次感觉到自己被需要。

这么一只微渺的小生命，随时可能死掉的小生命，尚且这么坚强地活着，我觉得自己太羞愧了！

之后，我开始收养流浪狗，现在已经有四千多只小动物。我参加了各种公益活动，做心理辅导的工作。身体也慢慢恢复了，吃得下睡得着，转氨酶也下降达标了。就是人发胖了。这可能是更年期的原因，不是别的原因。

失去了陈维楸，得到了一大群小动物。也认识了更多的人，各种各样的人，比起他们的不幸，我的不幸不算什么。我觉得那只小狗是陈维楸派来的。我有这个把握。

崔琴的回忆震惊了我，让我一夜未眠。回

到阁楼后，我急切地打开了陈维楸的日记，这是一本"中国电信"赠送的笔记本，扉页有一朵陈维楸手绘的花朵，看不出是什么花，但显然陈维楸是热爱生活的。第一篇日记是大年初一记录的：

　　大年初一。雪

　　今天过年，不，应该说年已经结束了，一切都是新的开始。妈妈说今天不能扫地，所以门口的鞭炮垃圾一直堆着，多难看呀。大人怎么会相信这种东西呢？我就不相信，我只相信我能明白的东西。

　　二月七日。雪

　　我妈妈和天下所有的妈妈一样，一天到晚忙个不停。她太勤劳了。不知道是不是女人都这么勤劳，还是变成妈妈后才这样。女人一生都在围着家庭转，如果家庭没有给她幸福，那怎么办呢？

我不明白陈维楸为什么会关心这样的问题。

三月一日。晴

也许我和妈妈有脐带联结的原因，我们天然的关系就很好，不需要过多的交流，我们就能相通。这是不是一种特异功能？应该不是吧？

三月二日。晴

我准备长大后研究一种机器人，专门做家务的，来帮助妈妈。这种低技术含量的劳动，应该由机器人完成。妈妈是用来爱的。我爱你，妈妈。

三月二十日。阴

老爸又晚回来了，他今天有五台手术。可是，他能做得过来吗？昨天他说他们医院的机械臂快到了，就是手术机器人，这机器是专给我爸一个人使用的，因为只有他去进修过这个技术，以后大多数手术就只需要打三个孔了，会恢复很快，这与我家务机器人的构想不谋而合！

我看出陈维楸还是个孩子。

四月一日。雨

今天又和爸爸吵了。我反复告诉自己：不能跟他吵，不能跟他吵，不能跟他吵，重要的事说三遍。其实不是我要跟他吵，是他太容易生气了。

四月二日。雨

陈成同志今天获得了教授正高的职称，庆祝了一下。爸爸很伟大，很有能力，是名医，就是太忙了，要是他有更多的时间跟我说说话就更好了。我长大要是有我爸一半的成就我就心满意足了。我很崇拜他，我主要是懒。不，是懒散。要改正。但不能发誓。

四月十日。晴

我的目标其实很好表达：就是我一定要比与我同龄的人进步，各方面都要比他们强。比我大的，我能找到理由软弱。其实我是很软弱的呀。警示。

四月十一日。晴

为什么计划总是无法完成呢？我一次又一次地坠入修改计划中，每一周的详细计划都无法完成，只好进行修改。我太矛盾了，我不认为我给自己下的目标太繁重，还是我太懒。

我没在日记中看到我希望了解的真相。这是陈维楸高一的日记。我就往后翻，到了高三的日记。我想要看的来了，连画风都变了，语调也变了。

二月七日。雪转晴

我下定了决心的，要好好考大学让父母满意，为什么做不到？我是铁石心肠？还是能力不逮？我的脑袋好像锈住了。我不可能完成任务了。

二月十五日。雨

父亲把我放到了监狱里，没错，这就是个监狱。或者说跟监狱没什么不同。我明白他的意思，他不明白我的意思。他要我做的，我已经听得清清楚楚了，只是这太乏味，太老套，很套路。所有中学生都在套路中，没有一个人说出了自己的想法，更不要说去做了。我就是一辈子当个厨师有什么问题呢？不是我的问题，是爸爸的问题吧？问题出在他身上，他为什么不自己解决？要来找我？

二月十七日。阴

私立学校的起早对于我来说太艰难了。这不是私立学校，这是精神病院，老师都是医生，统治着我们这些患者。爸爸误解了我的意思，我不是想对抗的，他没给我解释的机会。

二月二十八日。晴

我根本读不进去。又不敢跟他（父亲）提酒坊的事，我的心思全在那个实验上。我的成绩不会好的，我该如何向他交代？

三月一日。梅雨

一直下雨。这是梅雨吗？我不知道。心情湿透了。

三月五日。雨

试图和爸爸做最后一次沟通。爸爸，你既然说你天生就是拿手术刀的，那么我有没有可能是天生拿菜刀的？你鄙视厨师，我可以不学厨师，我学习酿酒，长大当一个酒类工程师或者品酒师，为什么不可以？有哪一条法律规定酿酒工程师就一定比医师低级？为什么就一定要按您的计划，一笔一画都不能改动呢？

自然，我是不敢这么质问我爸爸的，我改变了一种说法：我在一本书上看到一个故事，主人给他的几个仆人，每人拿了些本钱去做生意，有拿五千两银子的，有拿三千两银子的，有拿一千两银子的，结果，五千两本钱的仆人赚了五千回来，三千两银子的也赚了三千两回来，只有一千两的，说自己本钱太少，就把这一千两银子埋了。回来时双手空空。主人就骂他：你这又恶又懒的仆人！不要以为你本钱少就偷懒，不做生意，你应该连本带利赚回一千两来。我的意思是：我就算是只做个厨师，只是一千两银子的，我只要能把一千两赚回来，就跟赚五千两的一样一样的。

结果父亲给我的回答是：这个故事的核心不是本钱多少赚多少，是你要搞清楚你到底拿走了多少本钱，陈维楸，你看清楚了，你拿走的是五千两银子，你若做一千两银子的事，你不但是又恶又懒的仆人，你还是个贼，你贪污了四千两！

三月十日。晴

终于考试了。虽然是模拟考试，但我完蛋了。彻底完蛋了。希望他看了结果，改弦易辙，让我堕落吧。做我喜欢的事，否则……否则怎么样？我自己也不知道。

　　我心脏狂跳起来，不敢看下去了。我一直翻到日记后面。

　　五月三十日。暴雨

　　我真的在精神病院。终于"梦想成真"。今天是我最痛苦的一天，因为我认为永远都会懂我、支持我的妈妈，站到了父亲的一边。就在窗边，看着精神病人在草坪上游弋，我问妈妈：妈妈，你是真的同意爸爸的意见？不是被胁迫？妈妈点头，说，真的同意，没有胁迫，你还太小，不懂社会，爸妈是在为你把握人生航向。人生险恶……我真的绝望了！伤心欲绝。我一直爱我的妈妈，我一直以为我可以永远依赖她，世界就算毁灭了，我和妈妈却是永远相通的。不料，她也不和我同一条心。我的心正式死了。但我准备妥协了。我今天在妈妈面前失败了，我会去拿准考证。我是妥协给妈妈的，不是爸爸，我是考给妈妈的。不是爸爸。

六月三日。晴

今天去拿准考证。天很蓝。

我在操场边站住了，站了好久。

我看着蓝天，它深邃得非常遥远。

我要问：永恒是什么呢？

如果永恒是无穷无尽，那在这世界做什么都来得及，为什么一定要考985呢？

如果永恒只是现在，短暂的一生，那考不考985又有什么意义？因为不久就要死了。

六月五日。雨

今天和父亲大吵了一架。我以为我不会再和他吵了。但这一架吵得比任何一次都凶。

我已经答应你们了，还要我怎么做？！我已经在复习了，我会像偿还巨额债务一样把钱还给你，从此我们两清！

仍是六月五日。

　　我有天问如屈原，问天七宗罪，七大杀人武器，把我杀了好了！

　　第一句："要听话"，用来杀掉自由；

　　第二句："要孝顺"，用来杀独立；

　　第三句："就你跟大家不一样"，用来杀掉个性；

　　第四句："别整天琢磨那没用的玩意儿"，用来杀想象力；

　　第五句："少管闲事"，用来杀公德心；

　　第六句："养你这孩子有什么用"，用来杀自尊；

　　第七句："我不许你跟他/她在一起"，用来杀感情。

　　你还有什么撒手锏，都拿出来。

　　我被一阵酒香勾引，从迷迷糊糊的梦中醒来。我才想起今天是酒坊的"出酒"仪式，就是酿出了第一批初酒。酒坊已经有些喧动了。我打开窗户，看见陈功叔带着一些人在开缸，我爸也站在那里，他朝我招招手，示意我下来。

我下了楼，陈功叔正打开一大缸米酒，严格说来是酒酿，我看见有很多醪糟，只有中间的一个大酒窝，沁出一汪清泉般的初酒。出酒仪式很简单，就是陈功叔烧了三炷香。然后他小心地舀出一竹升子的初酒，问，谁先来第一口？我爸笑着说，给维秋尝尝，她没喝过头酒。于是我接过竹升啜了一口，差点没把我甜晕过去，并没有尝出什么好来。陈功叔说，你别那么快咽下去，在嘴里转转，咂巴咂巴，要品。我照着做了，初酒的香慢慢在我口腔漫开，而迷人的甜从舌头渐渐四下浸润开去，我忍不住又尝了一口，这时我瞥见了神龛上陈维楸的遗像，有一种被电麻到的感觉！酒水像一泓清泉，从陈维楸的心中流向我，流入我的心田！那酒水带着他节制和温润的热度，那一刻，好像有一根纽带把我和他联系在一起了。

突然想落泪的感觉！

陈功叔招呼伙计们开始分装，搬到户外屋檐下等待堆谷壳熏蒸。父亲说，我带你看看米酒陈列室吧。原来还有一间陈列室，就是东边的第一间。进到陈列室，上面挂了些锦旗之类，还有一些空酒瓶放在陈列架上。我看了看锦旗和奖牌，说，没想到这米酒还得过奖啊？爸爸很自豪地拿起一张镶好的证书说，你以为呢？陈维楸不但让这米酒检验过了关，拿到了生产许可证，还得过奖。我真有些诧异了：我以为陈维楸只是爱好酿酒，他真的研究过这些？不会吧？他一个中学生怎么可能？爸爸说，那你就孤陋寡闻了，你听说过中学生科学发明竞赛的新闻吧？陈维楸就属于这一类青少年。我不相信：那您具体说说，他都干了些什么？我爸皱着眉说，我也是他走后才了解的，我一直以为他就是瞎胡闹，后来我才知道，他干了一件正事，我们这地方的客家米酒是唐朝传下来的，但一直拿不到生产许可证，好像说是有一项指标总是通不过，就是酿酒时要放一点点砷，就是砒霜，味道才好才正宗，可是放砒霜，检验就通不过，不放，又没有我们客家米酒的特色口感，大家都没办法，后来你哥不知道从哪本中医的书上翻到一个知识，他用两三种草药代替了砷，既达到了口感，又去掉了毒，检验就通过了。有秘方，有专利，具体我也不知道他搞了什么名堂，我不懂酒。

我惊得张大了嘴巴：难以置信啊，居然是真的。

你哥是个人物。父亲叹息道，我小看他了。

我隐约有些妒忌：我爸现在对陈维楸的偏爱明显地写在脸上，你说是一种懊悔也可以。我是不会妒忌一个死去的人的，我只是在跟我爸撒娇：爸，你现在总夸他，可是我也是一把烹调好手呀，您吃了我做的多少蛋糕了，不夸夸我吗？

我爸笑了：是，你也不赖，你烘焙是天才。可你不如你哥执着。

我是在矛盾。我说，实际上我现在就被卷在矛盾中，我很烦我现在的工作，但我不可能放弃我的职业去开烘焙店的，不可能的。

你从小到大，一直长到十三四岁，从来没表现出任何跟烹调和烘焙相关的能耐，跟陈维楸很不一样，你就跟普通女孩那样，她们喜欢什么你也喜欢什么。爸爸说，我以为，家里终于有一个正常的孩子了，我只想要一个正常的孩子，哪怕她很普通，甚至有些平庸愚钝也没关系，我只想我的孩子平平安安，好好活着。

可是十四岁生日那一天，你突然说，你要自己做个生日蛋糕。我很诧异，但没觉察到什么。直到你随便翻了翻书，无师自通，第一次就做出了那个惊人的蛋糕之后，我立刻就明白了！那个陈维楸又回来了！我们家的传统和遗传，深藏在血液里面的，那个可怕的天才一样的能力，像挥不去的梦魇一样……那个生日宴，大家都在夸你，你们欢笑，幸福地说着话，只有我一人是忧心忡忡的，甚至有一种肝胆俱摧的感觉。我不知道你的前途会如何。直到你顺利地考取了商科，去了外资公司，我的心才放下来。

我沉默了……许久才说：爸，这事，并没有过去，它又来了，是真的，我现在非常困惑，我越来越厌恶我手头的工作，我觉得我哥的魂好像飞过来，落到了我身上，他喜欢做酒，我喜欢烘焙，都是烹调，一回事，这一次回来，听了我哥那些事，连我自己都很吃惊，也很害怕！我到底要怎么来选择？可是放弃外企和出国进修，真要回家做烘焙？这念头连我自己都觉得荒唐！但是爸爸，您没有给我任何建议，哪怕是斥责。

父亲凝视着我，他的眼睛像一个深渊一样：孩子，你既然听了哥哥的事，就应该能理解爸爸为什么无法给你建议了，爸爸自己都没能从这个重担下解脱出来。我告诉你一件事，别人都不知道的，你哥曾经给我讲了个故事，说主人让仆人拿了不一样的本钱去做生意，有的人五千两银子，有的三千有的一千。

我说，您是不是看过陈维楸的日记？

父亲一愣，说，你怎么知道？是，我是看过他的日记，但那日记已经烧了，陈维楸是当面给我讲过这个故事。

我立即噤声了：是苍红告诉我的。

父亲说，我觉得你哥已经回答了这个问

题，主人不是指父亲，肉体的父亲，我这个父亲非常失败，我想，他说的这个主人，应该是造物主，造物主给了各人不同的才能，有的人适合酿酒，有的人适宜烘焙，有的人医术精湛，有的人是体育天才，而有些人，甚至就是喜欢在外面跑，很会安排，适合安排杂事，比如我们医院安排救护车的调度主任，他是天才，他能估算得刚刚好，我们没一个人能比他更适合做调度，就算帮大家买盒饭的人，也得适合，不适合，连盒饭都买不好。我把你的天赋要你干的职业，叫天职。

我适合干烘焙，这没问题。我说，但我为什么兜了一圈才回来？而且，我要是放弃外企回家，我的收入就没法看了。人想干的和人适合干的以及人能干的，是两回事儿。爸，你别说教了，您仍然没回答我的问题。

是，我回答不了你的问题。但无论你怎么选择，只有天职，会让人快乐。酿酒，可能就是你哥的天职吧。我把他的快乐剥夺了。这个事实永远不会改变。

据陈刚描述，那本日记确实是被爸爸扔进火炉里了，他大概是不忍卒读吧。但爸爸刚走，苍红就把它抢救出来了，并一直保存到现在。苍红这十几年是靠这本日记活着的。她考上了师大，但陈维楸死后，她还没到入学就病倒了！肝病，可能是从陈维楸那儿染上的，可能不是，但她病得很重，比陈维楸更重。住进医院后，就半年都出不来了。最后只好休学。

但苍红一年后出院了，也没再去上大学。其实是上过几个月的，结果病又复发了。又进医院躺了半年。好像她和大学是相克的。她爹妈哭干了眼泪。苍红第二次出院后，就没再去上学了，在家里养病。身体稍微好些了，就去酒坊玩，有时帮帮忙。她酒量好，舌头又准，就经常让她试酒。结果染上了酒瘾，天天喝酒像喝水似的。肝病喝酒是大忌，但她从不在乎。最后，她觉得自己身体好了，要求在酒坊长期帮忙，爷爷不允许，让她去检疫开证明，因为她有肝病。结果就出奇迹了：她竟然大三阳小三阳都没有，是阴性的，转氨酶也正常。我不相信有这种违反科学的事，也许原来就是检验错误？而苍红对陈刚说：是陈维楸在保佑我，他叫我在酒坊做下去，他需要我，所以显了神迹。

陈刚本来想追求苍红的。现在他决定放弃了。苍红的爹咒骂陈维楸，说陈维楸害了他家姑娘一辈子。

苍红对我说：不是你爹害死了陈维楸，也不是你妈害死了他，是我苍红逼死他的。她的理由是：陈维楸其实不那么在乎他爸他妈的意见，而是在乎我。看到他醉心于酿酒，完全放弃了理想，眼看着就连大学都不想考了，我爹妈就决定让我脱离陈维楸，中断和他的关系。我很爱陈维楸，也爱我爹妈。从爱上说，我更爱陈维楸。从决定上说，我终于听了爹妈的话。

陈维楸受不了，他是因我而死的。

不对呀，他自杀的时候，不是已经考上清华北大了吗？我表示怀疑，是不是苍红脑子错乱了？她的精神因为长期刺激已经不正常了。

不，他是考上了，但他并不想真正去入学，他只是向他爹还债，清账。苍红说，只有我知道，他只告诉了我一个人。我们都能考上大学，我们并不傻，我们只是不屑于去上而已。

他在庆功宴上，最后问了我一次，能不能接受一个不上清华北大的陈维楸？我们的恋爱能不能继续下去？我说不行，我爸会杀了我的。

结果，陈维楸就把自己杀了。

对于苍红的说法，我保持怀疑。一个对陈维楸爱得太过深沉的女子，把所有错误揽到自己身上，是再正常不过的一件事了。

苍红把陈维楸的死都归咎于她一个人，是一厢情愿。打死一个人，需要几十棒，这最后一下，最致命的一棒，是我打下去的，是他的亲妈打下去的，否则之后我的人生也不会完全垮掉。他们都不要把责任往自己身上揽。我最清楚，如果我不把那个秘密告诉他，他不会死。陈维楸是一个敏感到头的孩子，心肠好得像天使，是一个看见狗都会羞愧的孩子。我千错万错，错在疏忽了这一点，他固执，所以不会从外部被打垮，但他脆弱，以至于像一支芦苇，一滴水就能把它打倒。

您告诉了陈维楸什么秘密呢？

我把他爸患上癌症的事告诉了他！在多年的超负荷工作和对陈维楸前途忧心忡忡的压力之下，陈成在儿子高考前三个月时，通过一次例行体检突然被检查出肝癌，这个噩耗对我们来说犹如晴天霹雳！在伤心欲绝之后，陈成居然不允许我把他的病情透露给儿子，他准备挨到儿子高考结束之后再动手术。但我思前想后，在精神病院把这个消息告诉了陈维楸，我是背着陈成这么做的，我的目的再明确不过了：这个爆炸性的噩耗一定能把不懂事的儿子震醒。作为母亲我也只有这最后一个办法了，我知道这孩子的脾性，心非常软。果然，陈维楸听到消息，失声痛哭起来。我看他哭得肩膀一耸一耸，非常难过。

他对我说，妈，我会去领准考证。我说，好的，儿子，谢谢你。这事儿，我们就让它过去吧。但你爸不知道我告诉了你，他肯定也不知道你为什么突然去领准考证了，你在他面前不要露出真相，否则他就太难过了。儿子答应了。

果然，当陈成诧异儿子为什么突然去领准考证时，儿子的回答是：我是做还妈的，跟你没关系。陈成听了表面上高兴，心里却非常难过。我对陈维楸说，你老是感觉不到爸爸爱你，其实他在我面前，天天在操心你，他从不谈他自己的事，也不谈我的事，就操心你的事。他真是爱你的。

不料陈维楸来了一句：那为什么传达不到我这儿呢？

我不解地说：我这不告诉你了吗？

不是这个，我是说，我爸天天操心我，我怎么就没感觉？陈维楸说，到了他患病要死了，我才有了一点点感觉，我宁愿他不要操心我，多操心他自己好了，这样，他也不会生癌。

我茫然若失，无言以对。

崔琴的描述和我在陈维楸日记中看到的不

相吻合。陈维楸似乎在得知父亲生病后，并没有那么悲伤，或者说，这悲伤已经化为了另一种负担。我问崔琴是不是这样？崔琴悲戚地说，正是。

陈维楸在日记中这样写道：爸，我是你的机器人吗？没有自由意志，我会可爱吗？我还是生命吗？多不可爱啊，多无趣啊，我是您的儿子，我是想做您的儿子啊，不是望子成龙的儿子，不是功成名就的儿子，不是你要带出去炫耀的儿子，不是任何别的东西，是和您一样有独立生命的儿子啊。可您不喜欢这个东西……

陈成是在儿子死后才读到这段日记的，他悲痛欲绝！但为时已晚。陈维楸一直认为父亲不喜欢他，也最担心父亲不喜欢他，他爸一直无法理解，我爱都爱不过来，怎么可能不喜欢你呢儿子啊！我只有你一个儿子！后来，是在我回到老家徘徊在死亡边缘时，才理解儿子日记中的话，原来，他指的父亲不喜欢的陈维楸，不是作为儿子的陈维楸，是指内心里那个有自由意志的陈维楸！

日记能佐证崔琴的说法。陈维楸几乎有一段像是遗言的话，写于死前一天：……爸，我盼望您能真正喜欢我一次，但不知道怎么样来做到，我知道如何讨您喜欢，但那又不是真的我，罢了，罢了吧，父亲是定然不喜欢真的我了，我奢望苛求了，我人心不足了，我不知好歹了，我身在福中不知福了，我真不是个人！

儿子死后，陈成读到了日记这段，他崩溃了，号啕大哭。

是我把儿子推向了死境。我儿子原本是准备妥协给我这个母亲的，这时他是不想死的，他虽然绝望，但没绝望到要死的地步，可这父亲沉重的像大山一般的爱一来，反倒压死了儿子，陈维楸性格都变了，他整天跟我说是他害死了父亲，他感觉这份奇怪的爱像炭火一样堆在他头上，这三个月都是在火烧火燎中煎熬的，三个月后就烤熟了！对于陈维楸这样敏感的孩子，这爱能杀人，能让他因为愧疚而崩溃，本来儿子一直恨父亲残酷无情，这下突然逆转了，反过来击碎他的价值观了！让他感到：原来错的都是我！这不是打击意志，打击意志还不至于死，而是粉碎了价值观，儿子绝望了，彷徨了！没目标！崩溃了。他的良心像火烧一样。

崔琴会不会过度解读了儿子呢？他毕竟还是个中学生。我觉得不会，他异于常人的早熟，而且陈维楸接下来的一段日记与此吻合：

……我是一个不孝子，居然这样不理解爱我的父亲！我负了巨债，我将背着这巨债煎熬着，去搞我不喜欢的医学，搞一辈子！我纵使顶着这巨大的负疚感和罪恶感，也一辈子回报不了爸的！因为我不喜欢医科，所以我也一定学不好也做不好！就算现在考上了，以后也不会有像父亲那样的成就，让父亲来喜欢认可和称赞，所以想想都绝望！我怎么办？我该向何处去？我的仗现在还没开始打，就失败了，我刚开始，信心就没了！……只有最后一条路：我消失了吧，解决不了问题，就解决我自己吧。我没了，问题也就没了，父亲也许会难过一段时间，然后，希望他再生一个弟弟或妹妹，会心甘情愿按照他的计划和意愿走，一定会的。
原谅我，母亲，原谅我，父亲，原谅我，未来
的弟弟妹妹，交给你们了！……

崔琴的泪水从指缝间落下来：是我害死的
他！我不说那个秘密，也许到今天，陈维楸也
在，他爸也在，什么事情都不会真正发生……

五

今天晚上是入殓仪式，我睡了一个冗长的
午觉，一直到傍晚才醒。我一个人在酒坊游荡。
那具棺材就停在酒坊中央。入殓也叫"入木"
或"落材"，就是陈维楸的遗体要进入做好的
棺木。但陈维楸现在只剩了一把灰，所以，这
次的入殓仪式，主要是纪念意义的。现在不让
土葬了，所以埋葬的地方是自家承包的山林上
原有的一间保管寮改的，算打了个擦边球。我
抚摸着已经完工的棺材，爷爷把它的表面推得
非常光滑了，我闻到了楠木特有的木香。只是

它还是白茬的，没上油漆。爷爷说，后生仔死了只能用白茬棺木，不能用油漆的，算是一项风俗吧。

我凝望着陈维楸的遗像。他懦弱温和的脸庞，仿佛在对我道歉。他就是这副道歉的表情，好像永远错的是他。我觉得我和这个死去多年的哥哥交谈了很多，互相已非常熟稔。关于他的死，所有的人都在为陈维楸背重担，争着背负责任，但冥冥中陈维楸又在为一个又一个人解脱重担，他不愿任何一个人为他的死负责任、背重担，他要把责任收回给自己。他爱这些人、所有和他相关的人。

晚饭后，参加入殓仪式的人陆续挤满了酒坊。这时，天开始下起雨来，大片风雨从山凹那边横扫过来，然后连绵不绝，雨水沿着飞檐飞溅落下。

今天不再烧香了，只摆放了鲜花，也不吹唢呐了，改了崔琴带来的圣乐放送，她是信主的，是当年在雪地躺了一夜之后信的。陈维楸是她的儿子，她愿意怎么做就怎么做吧。

父亲表情凝重，小心地把陈维楸的骨灰盒端起，郑重地放入棺木中，卡在一个做好的木格里。

我觉得天上有十个陈维楸在落泪。

明天就要上山落葬，众人早早回去歇息了。我说我下午睡够了，我来守灵。爸爸也不想睡，要和我一起守灵。我猜他是睡不着了。

父亲望着陈维楸的遗像，缓缓地说：孩子，你知道吗？老人很少自杀。

我不明父亲要说什么，所以接不上话。

因为老人是最怕死的一群。父亲仍然凝望着儿子的遗像：人这个东西，经历得越多，越怕死，知道得越多，越怕死，所谓人生历练，并没有让他们增加勇气，战胜死亡。

我有些吃惊，这和我平常的认知不太一样。我以为人老了，就会豁达。

只有孩子才不怕死，他们不知恐惧，非常勇敢。很多孩子跳楼，一跃就下去了，从不思前想后。父亲的手抚过儿子的遗容，说。我们这些为人父的，在他们面前只有羞愧，无地自容。

爸……我不知道说什么好。

陈维楸一考完高考，当天下午，他就把所有的高考书全部烧毁了！什么课本，辅导材料，笔记本，模拟考试题，只剩下一本借给苍红的笔记，还有那本她抢出来的日记。可见陈维楸有多么憎恶高考，不是高考不好，他憎恶的是我压在他身上的大石头，他隐忍地完成了我的命令，向我交账完毕，立刻一把火把所有东西烧了！他和我，已经离心离德了，实际上，在他死前，我已经失去他了！

日记在我手里。我突然说，苍红从火炉中抢救出来的日记，现在在我手里。

父亲仿佛早已知晓，表情平静。

我觉得哥哥好像在等着我这个妹妹似的，要把日记传递给我。我说，他好像预知会有个妹妹。

维秋，爸爸用了十几年才明白的一个道理，我关心儿子，为着儿子，想着儿子，拼命工作为儿子，将来家财都要给儿子，为他考试想尽办法，为他的未来殚精竭虑，我几乎做了作为父亲该做的一切，我什么都给了他，给了陈维楸，是的，什么都给了！但是，但是……就是没有爱！对，除了爱，什么都给了。就是没有爱，那么我就像那鸣的锣和响的钹一样！除了空洞的声音，啥也没有！

父亲的表情痛苦不已。

……这么多年来，我一直在思考，我和陈维楸之间，到底是失去了什么？会落到这步境地？这个问题不思考清楚，我陈成恐怕会死不瞑目。但是答案一直未显现，我快要绝望了！恐怕有一天，我老了，也要死去，我遇到陈维楸时，我该怎样向他解释？回答这个问题？我开始从儿子身上移开目光，检视我自己的一生……有一天，我突然想起了一件事，这是发生在我中学时期的事，一件让我羞愧无比的事：这事难以启齿，尤其是现在要对着你，我的女儿讲这事，爸爸感到难为情，不过，不讲出来，就难以描述我和陈维楸之间到底出了什么问题。这是我十七岁那年发生的事，我爱上了一个漂亮的女生，是我的同学，是的，我的初恋既不是崔琴，也不是你妈，是她。她是那么美丽，清新，脱俗，纯洁，我知道自己是单相思，但我的爱持续了一个学期，慢慢地，她似乎有了察觉，她既不表示同意，也不表示反对，既和我保持距离，又比一般女生关心我，我心里灌满了幸福感……但这种纯洁美好的关系，终结在一个下午，在我们前往夏令营的校车上，我刚好坐在她身边，我入了迷惑，像做梦一样，竟然把手伸进了她的衣服……她穿着工装裙，缝隙很大，我的手不由自主地伸了进去，她非常震惊，把我的手拿了出来，我鬼使神差，又伸了进去，她又拿了出来，还打了一下。我像中了邪，顽强地一次又一次伸进去，她就不动了，慢慢地把头伏下去，双手掩住脸，她不好意思叫喊，只能忍着，我摸着她细嫩光滑的臀部，度过了那个冗长的下午……直到车停了，我才拔出手。这时，她慢慢抬起脸，我看见了一张挂满泪水的脸！她小声地轻蔑地看着我说：没想到，你也是个流氓！我看错你了。

说着冲下了车……她没有告发我，但她脸上再也没有微笑了，以前她看到我会露出来的那种微笑，再也没有了。代之以像是一个少女刚被凌辱完向施害者投来的那束目光，充满了失望、可怜、震惊、难堪、蔑视和仇恨！

我讲这个是什么意思呢？父亲说，我和那个女孩之间，有一种这世间最美好的情感，死了，从此，我掉入了深渊，那种美好的感觉，一去不复返了！我铸成大错，懊悔不已！我痛苦得如丧考妣，失魂落魄！

我和你哥之间，就跟这个一模一样，因为你哥不爱说话，沉默寡言，像个女孩子的性情。自从他从酒坊的屋顶上跳下来后，我们之间有一根线索，也断了，我清楚地记得，他注视我的目光，没有了以前的依赖、依靠、热爱和信赖，而代之以一种让我害怕的空洞、畏惧和冷淡，加上他对我害怕到心惊胆战的表情，活脱脱地像那个厌弃我的女孩一样，好像儿子被我这个父亲强奸了一样，凌辱了一样！我们相互注视的目光变得陌生，冷漠。尤其是儿子注视我的表情，跟被强暴了一样，充满了屈辱，又充满了蔑视和仇恨。我看了极其害怕、如丧考妣！跟那女孩一样，他脸上有某种美好的东西，飞走了，也一去不复返了，就像我跟那女孩一样，本来可能发展出的美好感情，再也不存在了！陈维楸一副怨妇的神态，是我残害的。

我听了父亲的描述，非常震惊！因为他打的这个比方，太有震撼力了！

爸爸侵犯了儿子，就像侵犯那女子一样，因为做了羞耻的事。我和儿子之间有一条最重要的纽带，就是作为父子标志的纽带，中断了！父亲对孩子的爱，是一种遮盖，现在这种遮盖没了，就好比一个养父收养了一个女孩，各种爱护，可有一天却把女孩强奸了！作为遮盖的爱，变质了！这一刻，父子之间最重要的东西没了，最重要的那根线索，断了，从此就不再是父子了，从那天开始，实际上就是陌路人，希望死亡了，信任垮了，儿子，就只有死了。

这就是我说的，什么都给了他，给了儿子，独独没有爱。独独漏掉了这个最重要的东西。

只有这个东西是能传下去的。

孩子，爸爸是意识到了这个东西之后，才真正绝望的！也可以说，才真正醒悟的，之前，无论如何我是不服气的。我这么千辛万苦为了孩子，没有功劳也有苦劳。我比我父亲强多了，他还只抢柴墩子打我呢，为什么我没死，我为陈维楸操心操到癌症晚期，我的儿子倒死了？我能服吗？

……我万念俱灰！辞去了化州大医院院长的职务，回到了老家樟城。我的生活已经失去了希望，我的身体也坏了，烂了。我在世之日无多，就混吃等死吧。我回到樟城，得过且过，义诊时才回霍童，为家乡人看白内障，老乡送我腊肉，配上你叔叔的米酒，我吃得心无挂碍，过一天算一天。我发现这才是人生：脱去一身缠累。生活反而有意义起来。在乡村，有一种特别的宁静。但一到晚上，我就痛苦不堪！我天天向儿子认罪，向陈维楸倾诉！一次又一次，一日复一日，慢慢地，我梦到儿子握着我的手，让我别哭！他却有一张挂满泪水的脸，跟那个女孩挂满泪水的脸一模一样！

　　我的痛苦一天天地在减少，身体也慢慢被修复。我的同事下结论：我只有三个月生命了，因为腹水了。我索性决定放弃治疗，只靠信心活着！我在乡间进行公益巡医，吃老百姓给我的自然食材，身体却因此越来越好。我仿佛体会到了儿子的爱好，我去闻嗅自然，也食用自然，像儿子一样到处找自然食材，去山上挖笋。每次上山，儿子都好像在陪我出行，帮我辨别什么是健康菌，什么是不能吃的毒菌。几年来我走遍了老家的山山水水，儿子如影随形，我尝遍山水风物，认识世界和自然的本原，体会四时之美，我终于明白儿子醉心做酒的意义了……这个我一生下来就想离弃的穷山恶水，现在好像是从来没来过的天堂之境……时间一年年过去，我的身体越来越强壮。体检时，体内肿瘤变小并被抑制了，虽然没有完全消失，这是为了儆醒我，但似乎也不再对我发生影响，这都快二十年了，我和它健康共存了。

　　我儿子在保佑我。这是很明显的。

他原谅我了。

我困了，先去睡了，苍红来替父亲守夜，现在灵堂里就苍红一个人。我正迷迷糊糊要睡着的时候，接到了男朋友李桥的电话，说他开了一夜车，现在进入了霍童村，要我给他一个家里的位置。这可把我惊着了。我开车去村口把他接到酒坊，不想打扰到人，因为明早就要出殡，就把他暂时雪藏到阁楼里。

我问李桥为什么突然驾到？意欲何为？

他说他就是想来参加我哥的葬礼。我说你得了吧，你跟子芸是一伙的，在我身上你们有共同利益，是不是你俩密谋好了要来劝说我辞职？李桥，这只大肥猪、大型移动终端、永不枯竭的提款机顿时表情就尴尬了，赌咒发誓不是这个原因。我说你们别白费力了，我昨晚已经决定辞职了。李桥听了很震惊：真的吗？你不必这样冲动的，不要为了我们这样做……我说你这俩破人能影响我什么？我岂能因为你这俩破人改变自己的前途？李桥不解了，那你是……为什么呢？为什么回来一趟变化这么大？是你爹开导你了吗？我说你就别瞎猜了，我既不是听了爹劝，也不是因为我哥的事启发我，真的不是。李桥就问，你哥？他启发你啥了？我说真不是因为我哥，虽然他的天职观很打动我，就是说人必须做上天赋予他的天职，人才会快乐。李桥说这观点我百分之百同意，我就是上天要我做程序员和互联网高管的。我说，上天是肯定给了每一个人不同的才能，无论上天要我做什么，就算我暂时不能做上天要我做的，我也必须以天职待之，问题不在这儿，问题在我现在从事的这个工作本身，就是奢侈品公司，我越来越做不下去了。到了昨天，我终于突然明白了！所以决定了。

李桥说，我很好奇哎，你不是一直难以取舍，难以下决心离开"一行"公司吗？我说那只是为了钱。李桥说你过去可不是这样说的。我解释，过去我其实还有点为能进入这个世界知名奢侈品公司而自豪，可是这半年来却越来越疑惑，开始怀疑它的价值。为什么一只包，要卖到十几万甚至几十万？而且我们公司以环保的名义，大多数包还不是真皮，是环保皮，这个成本是非常低的，太不值了！李桥笑了，这话从你这个奢侈品推广嘴里说出来，真是难以置信啊，这很好理解呀，这包的价值不在那一张皮，而在于品牌，在于它的溢价。我说，这不就是虚荣吗？李桥反对，不错，虚荣正是它的价值所在，难道它没价值吗？挎这包出去交际，能彰显阶层和身份，是财富名片，这就是它的价值。我笑了，他这一套正是我过去跟顾客推销时的陈词滥调。我说，可对于不虚荣的人，它就毫无价值了，对于不需要虚荣的人群，它就是一个普通的包。李桥说，那倒是。我下了结论：所以，这是为虚荣买单。一辆二十万的汽车，至少复杂到有五六个大系统，精密到每根线路的技术含量，可一个包，我可知道它是什么玩意儿。李桥，我越做这个工作，心里就越抗拒，越做到中层，心里就越厌恶，我总觉得我说的是假话，不是真实的，是虚幻的东西，甚至是虚妄的东西，觉得挺没劲儿的，但我一直舍不得它的高年薪，只剩下这个吸引我，下不了决心，直到昨天晚上，发生了一件事。

发生了什么事？李桥问。

因为葬礼一结束我就要回公司工作，所以我拿起公司的案子来看。有一个案子，就是给顾客送赠品，是一把卷尺，非常小的很普通的一把小卷尺，公司居然称它价值不菲，就像劳斯莱斯上面的那把雨伞一样，这把卷尺价值三千元。那一刻，我好像被打了一下，真的，好像被谁打了一个耳光，周围没人，似乎是空气中藏着一个鬼，突然伸出手搂了我一下，我脸上火辣辣的，非常痛楚，非常难受！我恨不得找个地缝钻进去！以前从来没这种感觉，现在不知为何突然就冒出来，让我支持不住了！我感觉自己像一个骗子！……你知道的，我们公司的包是不能随便买的，不是谁有钱就能买到的，要配货的，要填表的，符合一定条件才有资质购买，而且要配货，有的人要先买了我们公司两三万的家具后，才有资格买到某一款包。我突然觉得这就是一整场骗局！而我就是其中一个骗子！一个兢兢业业往上爬的大骗子！

李桥喃喃地说：我明白了，你辞职还真不是为了我……

所以你和子芸都不要自作多情。我说，我是突然看穿了它的本质。我决定回家做烘焙，我喜欢做烘焙，可是我恐怕就不能在财务上为家庭做贡献了，我要做我喜欢的事，你要多负担了。

李桥兴奋地说，这没问题，赚钱本来就是男人的事嘛！

我说，但这并不意味着我烘焙就不能挣钱。

李桥说那当然，但你如果现在就想到赚钱，你做烘焙还会有快乐吗？所以，必须快乐，快乐工作！……这天职观我完全同意，但还有一个问题没有解决，我们这些还在职场上拼搏的人，是永远没有真正的快乐的，因为我们即便是在从事喜欢的工作，但职场上就是你争我夺，永远摆脱不了竞争，而竞争就是互相倾轧，血雨腥风，你死我活，竞争永远是恶性的，怎么会有快乐呢？怎么会有幸福感呢？这还是没有答案，竞争，是绕不过去的问题。

我说，天晚了，先睡吧，明天还要上山呢。

李桥说，睡吧，我开车一天困死了。他和衣躺下，一会儿就鼾声如雷。

我被他的鼾声吵得睡不着，总共只睡了三小时左右，四点多就醒了。我就起来打开窗户看，苍红在棺材边也睡着了。我打开那本陈维楸的日记来看，翻到最后面。

这是陈维楸死前三天写的一段日记：

……爸爸，今天我在阁楼里发现了一张人体知识挂图，这是你大学的时候使用的吧？我把它挂了起来，凝视了很久，我想让自己对它喜欢起来，但我始终没有找到学医的感觉，但这张图却仍然吸引了我，我发现人体竟然如此奇妙，这么协调的骨骼，支撑着这么多的肉体，这么密集的血管，供应如此多的血液，尤其让我震惊的是：整个身体细节的构造，都如此神奇和奥妙，像一台精密的机器，比如手指刚好五个，握东西不多不少，大拇指和尾指各有功用，是不一样的，大腿这么粗，才能支撑身体，但没有小手指，就啥也干不成，没有尾指，连挖鼻孔也没办法啊，哈哈哈，这一定是经过构思制造出来的精密仪器，由此我想到社会也是一样的吧，没有医生，人可能会死，但没有厨师，会立刻饿死，怎么能说厨师没地位呢？想想这是没道理的，爸爸，我可能打的比方不合适，可是儿子不理解啊！什么叫没地位，就算厨师不如医生赚钱多，工人不如工程师赚钱多，也不能说没地位啊，就好比大腿要粗才能支撑身体，那么流经它的血液也一定得最多是不是？贡献大的人赚钱多，是不是也是一样的道理？你不能因此说小尾指供血少它就没有地位，缺了它更不行啊，它们地位是一样的。我看见过我们有一个化学老师糖尿病切掉了四个脚趾头，结果走路就不行了，要挂拐了，就缺四个脚趾头都不行，谁比谁重要呢？都一样重要是吧，爸爸，我是小孩子，可我不明白您的话啊……

　　我读到这里非常震撼！像遭雷击一般！虽然陈维楸讲的听上去只是普通道理，但以前从未有人讲过，从未有人这样打比方过，这就是陈维楸的天才领悟力。我突然间豁然开朗！按照陈维楸这样的说法，李桥提出的难题就迎刃而解了：所有职业就像一具身体的各肢体一样协作，并没有高低贵贱之分，如果有，它就无法精密协作了，如果把协作理解为只有竞争，那就肯定不会协调，就要打架，就要出乱子！就像百足虫，一百只脚，你说它要先迈哪只脚呢？根本不必去想，百足虫是有生命的，这生命一出来，自然就走起来了。这百足虫的一百条腿走得好，肯定不是竞争，等等，我要怎么称呼它呢？不是竞争，那是什么呢？对了，应该说是"甄别"，学走路的时候，可能有点乱，大家都努力上进，拼搏工作，并不是为了"竞争"，而是一种"甄别"，即甄别出来谁适合当头，谁适合当大腿，谁适合当手臂，谁适合

当手指,谁适合当那个小尾指……最后一一归
位,找到自己恰当的位置,拼成一个大身体,
这社会其实是这样运作的。什么只有恶性竞争,
只有互相倾轧的说法,纯粹是误导了我们。

陈维楸帮助了我。我觉得他就在我身旁,
一直在暗中帮助我,启发我。甚至,他现在就
在这阁楼里。

我觉得我已经完满回答了李桥的难题。

我马上就睡着了。

五点三十分,我醒了。李桥还在呼呼大睡。
我睡不着了,起来洗脸,化妆。我悄悄地走下
楼,突然被一阵小声的说话声惊着了。我发现
灵堂里苍红已经不见了,坐着两个男人。其中
一个抱着头弯着腰。另一个竟然在摸他的头。
走近一点,竟然是爷爷和爸爸。他们坐得如此
接近,让我十分吃惊,我不敢靠近了,慢慢地
在楼梯上坐下来,不敢出声。

只听得爷爷说,这么大的病,你咋不跟我
说?癌症会死人的,我们爷俩就算闹掰了,这

事也大不过死啊。

爸爸说，我这不是没死吗？我病好了，都有十多年了，不会复发了。

爷爷叹气：你这孩子……还真记仇。

爸爸说，记仇的是爹吧。

爷爷点点头，好吧好吧，是爹的错，真是爹的错……对不住了，孩子。

父亲摸着脸，好像擦泪的样子。

爷爷倒酒：我请你喝酒。

父亲一饮而尽：这不怪爹，维楸死后，我就明白了这个道理，爹是不好当的，我比爹更失败，我把儿子给管死了！我发现，我从来不认识另一个陈维楸，我只认得外面那个陈维楸，里面那个陈维楸，我是压根儿就不认识。

爸的这个说法，跟陈维楸日记中有一段话对上了，它是这样写的：

爸爸，你就算一个将军，我就算您的一个士兵，也不能每时每刻都听您的吧？那不是一个人，是一根木头不是吗？您难道生了一根木头？或者机器人吗？编一个程序放到我里面，说什么就做什么，这样有意思吗？您就算是国王，我就算您手下的一名将军，有时候将在外君命有所不受，不是吗？爸您一直逼我，我被您逼成了两个人，一个是外面的人，应付您，一个是里面的人，躲着您，您说爱我，但从来没爱到里面那个我，我变成了两个人，在两个房间里，只有外面那个人在应付您，怕您，里面那个房间，您从来没进来过，甚至连门都没敲过！……

这父子俩居然同时体会到了一种如丧考妣的感觉！该是多么孤单。

……

父亲对爷爷说，陈维楸怪我从来没有给他爱，开始我是不服的，我连命都可以给他，怎么能说我没给他爱呢？后来我终于明白了，我自己压根儿就不知道什么是爱，我没爱，我连自己都没有的东西，怎么给得了他呢？

父亲捧着脸饮泣起来。

爷爷用手摸了摸他的头，又推了推他的肩膀，说，不要难过了，你没给过陈维楸的东西，我也没给过你呀，我们都不知道爱是什么劳什子，中国人好多都没搞清楚这东西，怎么能拿得出来呢？没有的东西，怎么给得出去呢？这东西应该是一代一代传下来的，我没给过你，你也拿不出来啊孩子！

你爹我也是想了几十年才想明白这个道理的。等你和我一样当了爷爷，也许就能明白，这叫"为父的心肠"，好比兄弟俩相争，都不明白兄弟相爱的道理，可是等到他们长大了，长到了爹的身量，当爹了，站到了爹的立场上，就立即能明白了，因为在爹的眼前，两个孩子都一样可爱，那还有什么恨呢？说起做父亲，你比我强多了，我是直接揍你，所以，我比你代价大，不但失去过一个孩子，更是让你远离我十几年。现在我老了，要入土了，才明白，孩子孩子，不是你的孩子，不是你的财产，是上天让你托管的，你得负责任，想明白，小心伺候着。要小心到一个地步，含嘴里怕化了，捧手上怕摔了，出了事要赔的，这十几年，你爹我心里已经死过一万次了！我向上天说，要是下辈子再给我孩子，我一定会小小心心，管得好好的，跟孩子说话，管教他们时，哪句话该说，哪句话不该说，该怎么说，要恐惧拿捏，要战战兢兢，那个小心，要小心到哪个地步呢？八个字，"不说不妥，说又太过"。

父亲被爷爷的话震惊了！他愣愣地看着爷爷。他应该从没听过爷爷说过这么有震撼力的话，爷爷虽然是风水先生算个文化人，但这八个字简直像平地惊雷。父亲这才明白：原来爷爷沉默十几年是这个原因，他早已经过火烧刀劈，悔改过了，看见自己罪如朱红！

葬礼开始了。一条长蛇向山上移动。陈功叔和陈刚等八个男人抬棺上山。我端着陈维楸的遗像。梅雨意外地停止了，天晴后天空变得疏朗。圣歌顺着山坳回荡……

棺木入土。爷爷代表大家说几句话。

爷爷说，陈维楸死前谁也不恨，这是庆功

宴那个晚上他亲口告诉自己的。他只是有些孤
单，因为父母不理解他。他知道父亲是爱他的。
爷爷跟他说，不要孤单，有我在呢。陈维楸说，
爷爷总要比我先走的，您走后我咋办？我困了，
我要睡觉了。爷爷就说，你先随你爸把酒敬完，
再去睡。陈维楸说，我怕是敬不完了，这酒我
是喝不完了……我感觉不到自己了，我好像是
一件空荡荡的衣服……当时爷爷以为他醉了。

　　爷爷最后总结：你们都放下吧，就当他是
睡了，孩子只是困了，先睡了……我们都会睡
的，到时候，我们都会在一起，那时再唠吧。

　　爷爷掬起一把土扔下，众人随着掬土扔进
墓穴……

　　……我看见不远的楸树下，陈维楸站在那
里，微笑地看着我们……我慢慢走向他，他笑
着凝视着我，嘴里咬着一根草，说：

　　妹妹。

重瞳

去年十二月下旬的一天傍晚，我从梦中醒来，我不清楚自己已沉睡了多少时辰。窗外雪花悄然飘落，银装素裹中唯有远处雍和宫缀彩的飞檐在枯枝中隐现。天然晦暗，我架起了炭炉，绿蚁新醅酒，能饮一杯无，准备打发一个人的孤独时光。这时我接到了李渊的电话，说他这周末就要出狱了，让我去接他。他想先在我家适应一个星期再作打算。作为中学和大学时代李渊最要好的同学以及他的刑辩律师，我义不容辞地赴约接驾。在雪后明晃晃的阳光下，那个身材颀长的美男子出现了，穿着一身火红的运动服，脸色红润，笑容健康，完全不像在监狱里度过了两年半难熬时光的人。

李渊不仅是我的大学同学，还是发小，小学三年级他就懂得如何在裤子上折出一条裤线来，还涂他妈妈的雪花膏，他貌比潘安，但也因此养成了风流成性的毛病。大学一年级最早谈恋爱就是他，我亲眼见证他挽着女友的手盯着她的闺蜜，不到三天女友就换成了那个闺蜜。整个大学时代他起码谈过一打女友，毕业后这几年更是猎艳无数，当着我的面把一叠前女友照片示我，像洗扑克牌一样忽啦啦拉成一条，让我瞠目结舌。但他为人实在太温柔，无论是他的前女友们还是我，都不忍心叫他流氓。

我重新燃起了炭炉，做了日本锅，削了一

支伊比利亚火腿，拿出了我爸藏了二十年的老酒，和李渊对饮到深夜。此后的七天，每天我们都这样对饮，抵抗着窗外呼啸的寒风和静落的冰雪。关于他付出牢狱之灾沉重代价的那场轰轰烈烈的恋爱，我其实知之甚少。我打算让他这次给我讲个明白。李渊说我先来你家就是这个意思，我会一五一十讲给你听，但你要帮我，给我出主意，我现在该如何面对这迢迢的未来。

李渊说，那年我已经二十七岁了，住在朝阳区青年路一栋我父母早年国家分配的老房子里，他们搬进了新居。年纪不小了，还住在父母的老房子让我很不自在，却也不羞愧，因为他们老是催婚，让我烦不胜烦，就选择了独居，这也方便我的女友们留宿。你们老是说我身边美女如云，但我觉得这也没什么大错，她们喜欢绕着我转悠我也没办法，结婚前多认识几个，结婚后专一爱一个人，这是我的认知。我说到做到，认识马红之后，我就终结了和众女友的联系，专心致志地爱她一个人了。

　　那一阵子我情绪比较低落，工作更换了好几个之后，终于全辞了，干起了药品销售代表。刚开始不熟悉人脉和网络，业绩不尽人意，每天晚上从公司下班后，要去旁边的河南面馆吃碗面，然后在门口抽一支烟，接着把双手塞进大衣口袋，从羊拐胡同穿过胜利路回家，这时已经将近八点了，就在马路边上遇见了马红。那也是一个雪天，五点半多天色就暗了下来，像乌黑的云堆在我的胸口。她穿着一身鲜红的羽绒服，在晦暗的夜色中像滚动的一团火。这样的冬夜女孩子独行是有一定危险的。但我不方便打扰她，正好她的路线和我是一致的，于是我慢慢走在她的后面。她发现了后面有人，似乎加快了步伐。想必她是有什么误会，我是想保护她。她后来也觉察到我似乎并无恶意。最后她到家了，我发现她的住处离我的家竟然只有不到五十米远。那是一幢市杂技团的老宿舍楼，墙起了皮，上面挂着山水画一样的污渍。蜘蛛网似的电线在两幢楼之间被风吹得晃来晃去。

一连六天，她循着同样的路线回家。我循着同样的路线"送人"。她终于在这个周末发现了，当我正要转身进自己的公寓楼时，她站在了我的面前，我就像冰一样冻住了：阅女无数，被这个人点了穴。她是混血儿吗？否则哪来的这绝世容颜？她看我时甚至都不屑于把目光在我身上驻留，这使我的自尊心受到打击，看来我貌比潘安要打折扣。她问：看你不像流氓嘛。我说，我……我是在保护你，我怕你一个人走在路上危险。我住这儿的。我指了指公寓楼。她慢慢笑了，哦，这样啊，那谢谢了，请继续。说完招了招手，走了。我站在原地，心想着：这"请继续"是什么意思？

又过了四天，晚上，让我开眼的一幕上演：在胜利路上，几个骑边三轮的醉鬼围上了她。有三个人，我就慌了，这要怎么保护她呢？我正犹豫间，传来一阵拍打棉被似的沉闷声响，那几个醉鬼就七零八落地躺在雪地里了。我上前问：是你打的吗？那些人一见我上来，连滚带爬地上了边三轮，像躲避恶鬼一样驰走了。她说，我是杂技团的，也练过武术。我瞠目结舌，尴尬得没有吱声。她看着我，说，请继续。

当然，我就继续下去了，直到我们在她家楼下高大的杨树下接了第一个吻。我清楚地记得她害怕得像颤抖的筛子一样，这反应未免太强烈了一点，让我不知所措。她的嘴唇很柔软，却是干的，我舌头深深探入后才能弄湿它。当我用力一吸时，她竟然如同秤砣一样坠落在地，就是一屁股坐了下去，把我吓坏了！以为她心脏出了问题，后来才知道她晕过去了。我抱着她呼唤了好久她的名字，她才渐渐醒来，眼睛睁开一看见我，就突然抱住了我！

李渊说的也未必全然真实，至少与我了解的有所出入。虽然他才是当事人，但在他服刑期间，我受他委托多次去看望马红，马红对我的描述是不一样的：我们根本没那么快就发展到了上床的地步。事实上，马红是等候了好几个月，李渊才和她正式交往。交往了起码有半年以上，他们才有了真正的肌肤之亲。以下是马红的视角：

李渊只是陪她散步，还是不展开追求，三个月过去，他们时不时交集，男的就是不开口，女人经历了几番心理变化，从害怕、担心，到认识、拒绝、接纳，到一起吃便当，希望他说话，等待他发声，主动来追求她，可事与愿违，他竟然突然消失了，一连十几天不见人影（他只是出差去了），马红就不行了。李渊刚出差回来，马红就找了一个借口，说便当不好吃，买了一大堆菜到他家里做饭。

那天他们吃得很满足，谈得也很高兴，李渊眉飞色舞地海聊了一通，大抵是他过去只身游非洲的经历……夜已渐深，马红也醉得微微飘起，但李渊一次也没有乘人之危。

现在，太难遇到这样的男人了。这是马红亲口对我说的，令我错愕，这与我认识的那个李渊完全是两个人。李渊怜香惜玉到了不敢碰她的地步，像赏画一样欣赏她，只可远观不可亵玩。后来在我的追问之下，李渊袒露心迹：我不敢碰她，因为我知道，只要一碰，女人都一样，这是我多年在酒池肉林的经验。只要女人的秘密浮现，一切游戏便结束。我不想结束。

李渊于是一边继续玩弄女人肉体，跟他那些女友保持关系；一边维持与马红的交往。这样又过了一个月，他开始出现一种过去从未有过的痛苦经验：他阳痿了。

先是生理上的，这让他在女友们面前丢尽了脸；接着开始心理排斥……煎熬了一个多月，李渊基本崩溃了。他跟我说：广天，我要做一个决定。

这个决定就是跟马红告白。实际上他们已经告白过了，只是没有更进一步。或者说在李渊这一方面，有一件重大事件即将发生。李渊阅女无数，但从来没有告白过。现在，他突然要告白了。

我说，完蛋了，你真的爱上马红了！

……当晚李渊仔细地洗了个澡，把手洗了一遍又一遍，像精神病人洗手一样。我觉得李渊过去是患了某种精神疾患。怎么治也治不好。爱情一来，不药而愈。

李渊对马红公开直露地表白了，他的做法是：先把自己阅女无数的历史陈说一遍，然后说，我现在金盆洗手了，我没办法，爱上你了，以后只爱你一个。

马红愕然。甩了他一巴掌。拂袖而去。李渊对我说：我完蛋了，失败了。我说，马红是一剂药，来疗愈你的，治好你的病，不是让你真的去恋爱的。你怎么能竹筒倒豆子什么都告诉她呢？李渊说，对马红，就得什么都告诉她，不能留下一点秘密，不然我站在她面前会发慌。我说，如果这样，你们就没缘分，不遇到她不告诉她，你就治不好你的病！告诉她，她就不可能要你。这是一对矛盾。你洗洗睡吧，没希望了。

……出乎我意料的是：大约半个月之后，马红又一次做了便当来到了李渊的房间。当时他正跟我在操场打篮球，一接到马红的电话，连衣服都忘了拿，像只兔子一样窜回了家。

他哆哆嗦嗦地吃完了便当，要去洗碗的时候，马红让他坐下，她有话说。

你是个流氓。她第一句这样说。

李渊低着头，不止流氓，就是渣。

你怎么保证以后就我一个女人了？

李渊想了想说，没法保证，当年我立志要洁身自好，结果一败涂地，现在我如果再立志，就是屁话，立志做好由得我，做出来可由不得我。

你还算说的实话。第二个问题，你到底爱我什么？我有什么好？论姿色，我不过中等，不至于泯然众人而已，论脑子，碌碌无为，就是个杂技团翻筋斗的。

李渊回答：就因为你刚才说的话，让我喜欢你，我过去碰到过好多女人，没有一个像你这样的，美而不自知，聪明却说自己笨，她们全都往高里拔，非要我说她像哪一个女明星，甚至比明星还好看，比她们更聪明。像你这么笨的，是第一个。

马红慢慢笑了，把他拉了过来，说，今晚我家除白蚁撒了药，我回不去了。

李渊像变了一个人。他似乎更流连于和马红的亲吻和拥抱。他轻轻地抱住她，生怕她会突然滑走消失。不脱衣服，却能反复拥抱，一如生离死别，这就让人鼻酸了，有一刹那马红都要哭出来，就是不知道为什么哭。她只是感觉自己被尊重，然后被珍惜，李渊拥抱她，轻轻地吻她，仿佛捧着珍宝。他们都很喜欢对方身上的气息，那气息也是腺体发出的，无法很好描述它，就是觉得好闻，一定要说的话，那只有婴儿时母亲身上的气味能比拟。马红幸福地说，你好会抱哦。李渊一愣，没想到她说这话，立即感到羞愧，因为以前那些胯下女子说的是：你好会做哦。

李渊说，我爱你。

这话就老土了。马红却不计较，她仿佛陷入了梦里，眼睛半睁，迷迷糊糊，说，我也爱你。李渊的头埋在马红胸前，昏昏沉沉地几乎都快睡着了。

……他突然发现马红的脸上挂满了眼泪。

你，怎么啦？李渊说，是我不好。

马红摇摇头，说，不是你，是我自己，我很好，谢谢你。不要离开我。

事后，她躺在他的臂弯里，两人竟然什么话都没说，慢慢就睡去了。一个多小时后，他们醒了。两人亲吻起来。

李渊说，我觉得，爱一个人，就是想一辈子跟她亲密，一辈子只跟一个人亲密。

马红突然问：你为什么那么爱我呀？我有这么好吗？

李渊不知道怎么回答，就笑了一下。

你怎么也不像你说的那样。马红道，你怎么会是个流氓呢？你是骗我，要吓我的吧？

那一夜，他们都被对方治愈了。至于原因，至今是一个谜。只能说遇上了对的人啰。

接下来就是一段热恋期。他们两个都像从来没谈过恋爱的人一样。最明显的表现就是完全魂不守舍，被卷入爱情中，工作荒废，一塌糊涂。两人天天泡在一起，不思学习，也不想工作。李渊丢了三四个合同，被公司降为普通业务员。马红也爱得五迷三道，她还好些，本来就无班可上，就天天换着花样给李渊做吃的。三个月一过，两人都吃得有些双下巴了。

李渊说，我们好像有点玩物丧志了？哈哈哈。

马红说，去旅游的任务还没完成呢，你答应带我去巴厘岛的。等去完巴厘岛，我们再改过自新吧。

……在巴厘岛他们住在一幢很特别的旅馆里。旅馆不大，是一排平房，门前有一条长廊。奇特的是汹涌的瀑布劈面倾泻下来，打在巨大的芭蕉叶上，所以终日都是雨声，仿佛置身热带雨林。李渊坐在廊前的蒲团上，抱着马红，马红背靠在他怀里，他心里却没有任何淫邪之感，就好像捧着她的心一样。

我们这会不会是在做梦？马红问。

李渊看看雨水，不会，你瞧，水打在我们脸上，是真的湿了。

其实我也不知道自己到底爱你什么，马红

说，但就是爱了。

李渊说，我过去那些事是真的，不过现在我安定下来了。

那好吧。马红调皮一笑。

……他们的恋爱对话是比较古怪的，恋爱过程也很吊诡，一点都不激烈，也没要死要活，非常平静稳妥，就像老夫老妻一样，至少像是到了谈婚论嫁的阶段。在出来旅游之前的半年，他们如胶似漆，从未红脸，堪称楷模。

……雨慢慢停下来了。瀑布也不再流淌，只有零星的水珠滴落在芭蕉叶上的声音。马红说，我一直没有告诉你，我是学物理的研究生毕业，我上大学之前是学杂技和武术的，后来考上了核物理专业的研究生，但没分配上好单位，去了核物理研究院的一个挂靠单位，没意思，我辞职了。李渊震惊不已：他没想到女友居然是硬核理科女。难怪看上去这么聪明。李渊问你为什么一定要辞职呢？马红叹，我不会与人相处，我连我妹都处不好。对了，你知道我有一个妹妹吗？李渊说，你从没有跟我说过呀。马红说，是双胞胎妹妹，她叫马艳。父母死后，按说我们应该待在一起互相支持，但我们却绝交了。你没看见家里挂历上还有她的电话号码呢，可我们好久没打电话了。老死不相往来。

李渊有些吃惊：为什么呢？

你要见过她，肯定很吃惊。马红回忆道，外形跟我长得一模一样，人人都说没见过双胞胎姐妹能像成这样的，因为我们是同卵双胞胎，可性格却是南辕北辙，互不相干。我比较内向，她很外向。我不爱说话，她却叽叽喳喳像喜鹊一样叫个不停。可能是我随沉默寡言的父亲，她随个性张扬的母亲的原因吧，但我们是同卵双胞胎，不是异卵双胞胎呀，按说性格差别不会这么大的吧？

李渊犹豫地，这不一定的，因为除了显性遗传还有隐性遗传，你们的性格遗传就跟爹妈反着来了……

哦，可能就因为这个我们合不来。父母离婚后，我跟了妈，她随了爹，刚开始我们还挺好的，但父母离了婚还搅不清楚，矛盾不断，最后弄得我们姐妹也不和了。我妈死后，我们干脆不来往了。我住在朝阳我妈的房子里，她住在我爹通州留下的房子里，我也不想要那房子了，她喜欢可以住到老，我们反正老死不相往来，形同陌路。

李渊震惊地说，这样啊……

马红叹息，她跟我不一样的，我有洁癖，是事儿妈，她是马大哈，乐天派，对啥都不管不顾的，所以我们天生就是对头，合不来也在情理之中。或者说，就是命吧。

李渊琢磨了一会儿，说，我知道了，你为什么这么依赖我，这么希望有爱情，有一个家，原来是这个原因啊。

马红说，算是吧。所以，你要好好爱我哦，要说话算话。

李渊竟然一本正经地回答：可以的。

李渊和马红的出游实际上是在开始恋爱一年以后才实现的。他们先回归了一段正常的日

常工作和生活。李渊的房子比较好出租，于是
两人商量后把它租了出去，每月可得八千元来
补贴他们的生活开支，非常的游刃有余了。李
渊就搬过去和马红一起在那爬藤密布的旧楼里
同居。他们白天努力工作，晚上夜夜笙歌。两
人赚的钱不少，还有每月八千元的房租，小两
口的日子过得极其滋润。用李渊学上海话的口
吻就是：掉进了蜜罐里，幸福得弗得了！

　　……但人生之不如意十有八九。问题是从
巴厘岛之行开始的。或者干脆说他们的关系在
前往巴厘岛之前已显现出了危机，也许原本的
"蜜月之旅"变成了"修复之旅"？这就不得
而知了。繁忙的工作暂时掩盖了危机，随着同
居生活的深入，危机就逐渐暴露了。蜜月期就
在马红的陋室里度过，甜蜜而欢乐。她像水蛇
一样缠着李渊，李渊也心甘情愿地被他缠着。
晚上出去谈生意，李渊要和马红打五六个电
话，发十几次微信，但这都是李渊很乐意做的，
没有半点强迫。但直到李渊拿下了一个大项目，
很忙，没办法如此频繁地联络马红了。马红于

是出现了异样。她让李渊不必回复她，她自己想他就自己发微信给他，他什么时候看都行。但李渊实际是没法做到的，他不时地要瞜上一眼。手机叮叮当当的声音也搅得他心神不宁。他不好意思去关静音，好像关了马红的静音，就像背叛了她似的。连他自己都不知道为什么会产生这种感觉。

是不是当热恋超越了一定限度走向极端时，再返回到常态就会不正常、也不自然了？必须维持高频和疯狂的热度，否则反而不自在？就如同李渊二十岁时误入一个传销组织，上山特训三天三夜后，他下山时放眼一切，感觉世界的景色都变了，已不是普通的人间。他一时无法适应正常的生态了。现在有点这个感觉。

那个大项目完成后李渊回家休假。两人的关系发生了微妙的变化，不，实际上是李渊单方面的变化，他有点无法适应马红仍维持的高昂的热恋状态：比如时时拥抱，分分钟摩挲，一天接吻无数次，他都闻出马红的口臭了：过去他并不觉得她有口臭，实际上只是他们舌吻太久，口水一发干，嘴就发出臭味来。

马红管得他透不过气来，他出去买个酱油她都要打电话问你到哪儿了，在街上多看了一眼女人，她都要生一个多小时的气。刚开始李渊很享受这种妒忌，认为这是马红爱他的表现。但她妒忌的频次越来越高，理由越来越荒谬。比如上个周末，他们一起去一家俄罗斯餐厅（严格说来是乌克兰菜）吃饭，刚好遇上了马红一个老同学，女的，这老同学长得好，与马红旗鼓相当。她们聊得很享受。走的时候李渊顺便把那女同学的餐费也付了，因为她是一个人用餐。这下就麻烦了：马红硬说李渊是看上了她，否则怎么会替她付餐费呢？李渊简直摸不着头脑，他以为替她女同学付账马红会高兴，效果却适得其反。李渊说我是讨你的好。马红说，你是讨她的好，因为她长得漂亮。李渊说，她没有你漂亮。马红说，再过几个月，我再漂亮你也看腻了，不，你现在就看腻了，才会看上别人。李渊很冤啊，说，我付账是绅士风度。马红说，绅士的皮袍下都是污秽。李渊简直不敢相信这是那个爱得他死去活来的女人，与前简直判若两人，他生气地说，我给你长面子，你不领情就算了，为什么还污人清白呢？马红说，怪我太火眼金睛，我也希望不是这样，但一般我是不会看错的。李渊就愤怒地偃旗息鼓了。

……晚上，马红道歉了，说，我爱得太深，所以有时会发发神经。但你要是真爱我，你不会在乎我这样发神经。

李渊马上就原谅她了，说，我不会在乎。不会的。

我就是想管着你。马红道。

我接受你的管制。请继续。

问题是这一"管"就不可收拾，成了一本糊涂账。因其跟"爱"搅成了一锅粥，所以你都不知道该不该分析纠正一下，仿佛一纠正就很难堪，爱情，如此神圣的东西，还需要纠正吗？两个圣洁的爱人，无话不谈无话不通，还需要冗长的解释和多余的沟通？真让人难为情啊。很尴尬的。谈过恋爱的人就知道，恋爱就是打打闹闹的，一流于一本正经的面谈沟通，解释多了，就会疏远，甚至陌生，就不亲近了。但是太亲近，缺点就会暴露出来，就要抵牾，就有龃龉，机器齿轮就要打架、卡壳。这可如何是好。显然，这一对恋人只顾当热恋狂魔，其实根本没有做好准备。

马红事事要管，李渊不可能事事符合她的标准，于是马红就仿佛天天在指责、时时在纠正，在李渊眼里，她变成了他的老师、班主任、辅导员。

终于，在一个普通的晚上，他出现了一个令他恐慌的症状：面对马红，他又不行了！还好他掩饰过去了，马红并没有觉察。

这是个重大事故，以前从来没发生过。它像惊雷一样在李渊脑海响了一天。

但第二天晚上就没这么好过关了。实际上从傍晚李渊就开始紧张、发慌。显而易见，晚上，他第一次（实际上是第二次）失败了。

好在马红还是没有在意。虽然她有点震惊，确实，他们的性生活质量一直非常好。他们有一个信条：爱一个人，就是要天天跟他（她）亲密。只跟这一个人亲密。哪天不这样了，就是不爱他（她）了。

……这个誓言让李渊非常紧张，几乎要崩溃了。它就像一个标准，横亘在他头上。他们被架空到天上的"圣人之爱"，似乎快要走到尽头了。

那天晚上，李渊做了一个决定，马上出国旅行。他要拯救他的爱情。虽然他还搞不清楚是哪里出了岔子。但他坚信换一个环境，他们就能修复 BUG，和好如初。

他们选择了很普通的巴厘岛。因为李渊不想游玩，就想宅在岛上，和马红好好聊聊，解决问题。

二

李渊把旅行当成一次拯救爱情的行动，马

红却浑然不知，在她的眼中他们的爱情生活正蒸蒸日上，形势一片大好，不是小好。她觉得自己正在为李渊奉献，全身心地爱他，这对于一直独身一人的马红来说是不可想象的，她包办了李渊的一切，还能有什么问题呢！李渊一说要去巴厘岛旅游，马红就把机票和酒店全部订好了，一共十五天的假期，马红做了全面的功课，把每一天的日程都安排好了：在巴厘岛待五天，然后转道去日惹玩四天，再回到巴厘岛待四天，从巴厘岛回国。她把每一地的旅馆都订好了，每一段的机票车票都在旅游 APP 上提前搞定，李渊看出她是有一些钱的，但她出国回国都订的是廉价航空，真会过日子。马红甚至在某评上把到达地的著名特色餐厅都标好了，要让李渊尝遍印尼美食不重样。

李渊被她变态级别的细致吓坏了。除了连声感谢，还能说什么呢？

你还能离得开我吗？她问。

李渊震惊又敬畏地说：当然……离不开了。

你要敢离开我。她说。

你就会把我杀了？是不是？

不。马红说，我就要死了，你可以活得好好的，但我会隔三岔五回来看你。

……对话在玩笑声中结束。

他们下榻在那个热带雨林风味很浓的平房旅馆里，在长廊上互相拥抱，看着迅猛来临又突然结束的瓢泼大雨，这是热带的气候特征。他们确实仿佛修复了出现的裂痕，或者说干脆忘记了他们吵过架。李渊觉得一起旅游是一个增进感情的好办法。

他们刚确定关系的半年是热恋期，他们的山盟海誓与别人不同，带有一种悲壮感，主要是表现在马红身上，她糟糕的原生家庭的问题令她感觉自己像一个孤儿，所以，她爱起李渊来是疯狂的，要求起他来也是疯狂的。到了后期，李渊已经感到这强烈到过分的爱像一种严刑峻法了。他们爱到死去活来，整天腻在一起，还学老外亲吻道别，他们达成一项共识：没有亲密举动的夫妻肯定是有问题的（这很有道理），而不表达出来的爱情他们一致认为也是有问题的，所以不少夫妻就是在凑合，搭伙过日子。这不能不说非常点睛和锐利，一语中的。

他们果真像一对外国夫妻那样，动辄嘴对嘴亲吻，互说亲爱的、我爱你云云。由于他们很高调地秀恩爱，所以直接把我们这些朋友也感染了，在他们自己把问题暴露出来之前，朋友们没有任何一个人怀疑他们有矛盾，那句"见光死、秀恩爱死得快"对他们并不适用。可以用"崇敬"一词来描述我们的态度，连我们恋人间吵架也常引用他们做榜样、当标杆。

……但旅游进行到下半程，矛盾终于爆发了。

起因竟是一个微不足道的小事情：他为她拍照。马红虽然说自己长得一般，但对拍照很严苛。李渊自觉拍照还行，却遭到了马红连续不断的责备，几乎没有一张是她满意的，李渊感觉非常错愕：这些照片在普通旅游照中应该算还可以了，但达不到马红的标准。李渊翻看了马红过去自己拍或找人拍的旅游照，确实拍得更好一些，但因为这种技术水平的原因而牵扯到他们的关系，李渊就无法理解了：原本温柔可爱的马红变得不近人情、凶相毕露！让李渊非常不舒服。他认为自己已经非常努力地配合她了。

为了拍到次日的晨曦，马红要求明早五点起床去山上守候。李渊叫苦不迭，又不敢吭声，他最怕起早，但他自觉深爱马红，所以他决定照做。第二天挣扎着起了床，昏昏沉沉地跟着马红上山，尚未清醒的李渊背着沉重的三脚架和相机包艰难登山，非常痛苦。他们终于等到了日出。但当马红摆好 pose 时，李渊竟然仓促间没对好焦距，他只习惯于看彩屏监视器，不习惯直接看黑白的镜头监视口，结果不如意，有点失焦。马红气得嗷嗷了两声，一顿劈头盖脸的臭骂就扔了过来！

骂得实在难听。李渊错愕，一言不发，脸色铁青。他从未挨过这种痛骂，完全下不来台。

你不爱我！马红扔下一句，转身就独自下山了。

李渊坐在山上发呆：他觉得自己充满了错误。但不会拍照，是一种罪吗？而且，跟爱不爱她紧密相关。那我之前对她的所有付出，算什么呢？

从前，作为美男子，只有女生讨好他的份。这时的李渊，羞辱感油然而生。

这次的冲突李渊原原本本地向我复述，说明是他们关系裂痕的开始。完全不是什么巨大的惊天动地的矛盾，但它就是无法修复，非常严重。好笑不？实际上所有后来被描述得十分深刻的爱情矛盾，实际上的起因都是非常小、非常微不足道甚至非常可笑的。但事实就是如此：他们因为拍照的小事，伤到了心。

但旅游日程尚未结束，他们还得修好。马红仿佛忘记了这回事，李渊却被重创。他的委屈来自于价值崩溃：我这样一个流氓，改邪归正，全心全意来爱你，却不如一个小小的拍照错误的价值？我李渊什么时候这么卑微过？这是李渊对我说的原话：我为她改变得都不像我自己了，还不够？

　　我安慰李渊：但是，她也是全心全意地爱你，也许她更爱你，她为你付出了多少？你难道不感到幸福？

　　这个问题把李渊问住了。他无法否认马红几乎包办了他的生活，照顾到无微不至，但问他幸福不幸福？他现在出现犹豫了，竟然无法回答我。

　　我现在害怕她，多于爱她。他说。

　　……那天拍日出的事情，在晚上一次疯狂的亲密之后，暂时掩盖起来了。马红躺在李渊的臂弯里，说起了小时候的事情：……马红的父母离婚后，她不喜欢父亲，与母亲离家，妹妹马艳留在父亲身边，马红的母亲宁愿不要房子，只拿了基本生活费和存款，搬到了母亲在杂技团工作的宿舍，那时母亲是杂技团的会计。五年后房改，她们买下了这套两室一厅的房子。当然，母亲和父亲离婚后仍然被父亲打死，那是后话。妹妹与父亲一起生活，现在父亲死了，妹妹继承了那套房子，价值已经大几百万了。

　　李渊不知道马红这时候跟他痛说家史是什

么意思。他觉得真正的爱情根本用不着解释，而且是拐弯抹角的解释。以我旁观者的角度，李渊和马红都把爱情想简单了，马红心理肯定有问题，而以前放浪形骸的李渊，一旦在爱情上较起真来，智商也是立即归零。

也许是他们一开始定下的起点就太高，太神圣，太悲壮，把自己架到了高处，就比较不容易下来了。李渊向我追忆这些矛盾时，有些细节若不是当事人描述你肯定是不会相信的，编不出来的，按李渊的说法叫"爱情这东西不能装，不然爱着爱着就演起来了，就完蛋了"。比如一个很好笑和很具体的问题：在爱人面前放屁合不合适？这其实是一个标志。他们在这点上一直生疏，放屁忍着，拉屎避人，李渊有便意时会对着马红微微一笑，说：那，我去卫生间一下？仿佛征询一般。我立即判断出他们的确出了问题。

按李渊的说法，表演爱，是根本胜不过内心产生的恨的！因为人在生活中太多的差异，你不是容忍，就是嫌弃。有人要问了：这个问题有那么严重吗？有的，李渊说，当你们真正产生矛盾时，任何差异都成了对方的缺点。李渊当单身狗时，不是每天洗澡的，甚至都不能做到每天洗脚。但跟马红在一起之后，他能做到每天洗脚了，可是天天洗澡实在是做不到了，马红就不依不饶。有时李渊忙到很晚到家，精疲力竭，想倒头就睡，忍着困倦洗了脚，马红直摇头，说不洗澡就不能上床。李渊于是抱了枕头就躺到沙发上去了，结果马红竟然把卫生间的水管拉出来直接把李渊全身喷个透湿，李渊非常错愕，只好悻悻然去洗了澡。洗完澡，他果然清醒了。他穿衣服时，竟然发现马红笑哈哈地在看他，他羞得恨不得钻地缝。他这才想起来：他们俩好像还没在洗澡时裸裎相对过，总是尽快地避开对方穿上衣服。

　　从这天开始，李渊的热情开始急剧消退。更糟糕的是：他开始变得越来越紧张，尤其是马红在旁边的时候。最恐怖的是爱意似乎也在消退，恐惧和害怕却隆隆上升。

……十五天的巴厘岛之旅终于结束了。从一开始住进来，马红就要求他进房间要脱鞋（马红居然规定进宾馆房间要脱鞋放在门外），但他忍了。直到即将离开巴厘岛，李渊觉得刑罚终于快结束了。他还从来没有见过一个出差或旅游住宾馆的人，要脱鞋进房间的。于是整个宾馆只有他们的房间门口摆着两双鞋，甚至被服务员以为是丢弃的给拎走了。但李渊习惯地依从了，虽然觉得这无比荒谬。可是马红得寸进尺，离店那天，她居然擦起了地板，并把床铺得整整齐齐，李渊觉得匪夷所思：宾馆是我们花钱住的呀，你来清洁算怎么回事？那宾馆服务员是拿来做什么的？马红边擦地边说：我只是不想让她们觉得我脏，我有洁癖好吧，不行吗？

李渊说，行。

离开巴厘岛那天，他们还有点时间，就去逛了一下高级名牌成衣店。结果马红觉得店员怠慢她了，因为她在问店里最贵的某款高级品牌衣服时，店员看了她一眼说，这可能不适合您。她认为这是严重地看不起她，于是和店员吵了起来：凭什么认为我不合适？以为我买不起吗？店员不断道歉，她不依不饶，把经理叫出来训了一顿。经理为了表示歉意决定送她一些礼品，马红断然拒绝！李渊笑着说，要是我就不会觉得伤自尊，自尊算什么？最虚无的东西，还是拿礼品最实在，不要白不要。马红鄙夷地看了他一眼，说，难怪混到现在还这副人模狗样。

这可把李渊伤着了。李渊突然感到自己还是有自尊的。

但你要说马红鄙夷李渊是看不起他，那就错了，她爱他爱得发疯，愿意为他做一切。最大的证据就是认定李渊是天才，日后一定能当作家或者诗人，完全不是"混成这副人模狗样"的评价，那只是气话，她一急说话就很激烈，没有回旋余地。实际上她非常爱李渊。她甚至觉得李渊这才能去做药品和医疗器械营销简直是暴殄天物！他必须得成名成家。于是不久后，她实际上已经成功地让李渊半休假了：就是把公司的工作做成三天打鱼两天晒网的状态，她来养着他。李渊也不知道马红哪来的财力，好像应付起生活负担来绰绰有余，加上房租收入，确实也用不着那么努力工作。李渊不在乎马红有没有钱，他是无条件爱她的，反而想去挣钱让她过得好些，问题是马红似乎恰恰不需要这些，于是李渊的爱就突然失去抓手了，不知道如何做能让马红高兴，既然马红希望他写作成名成家，于是李渊真的在那半年开始发力，天天在家读书写作，他觉得他这样做，就是爱马红，因为他这样做，马红很高兴，而高兴开心就是幸福。

……问题不是说李渊就一定不是写作的料，而是他本质上并不是非常喜爱写作，只是偶尔有感而发写写而已，现在成了一种"工作"，甚至有成为"职业"的可能，就难受了。马红不但在收入上倒贴家用，在生活上也是全部包办，不但做菜，连洗碗都不让李渊干，说男人耽于小事会变得琐碎，从而不能思考宏大问题，这与大多数家庭主妇的认知不同。

　　……李渊觉得自己差不多被马红"包养"了，对，李渊就是这么用词的。她需要李渊陪在他身边，并限制他的行动，包括上班，李渊在公司完不成业绩，地位迅速下降。但马红认为无所谓，她似乎很有一些积蓄，也源于她没日没夜的工作和加班，她每周末的两天都要出外给人上门做家教，实际上就是替有钱人照顾老人或辅导孩子学习，报酬颇丰。马红认定了李渊是天才，满脑子都是写不完的小说构思，现在她要养着他，让他毫无后顾之忧地专心致志地写出来，甚至开玩笑地说：自己的晚年就等着靠李渊的诺贝尔文学奖养活了，她经常问他：颁奖典礼时我要穿什么样的礼服？到时候应该还买得起一件好礼服吧？我就是去给人家当保姆也要让你无忧无虑地安心创作出伟大的文学作品。这让李渊头皮发麻、忧心忡忡，他开始后悔在马红面前鬼扯那些"文学构思"了，他知道自己眼高手低，根本无法兑现马红的希望，于是整日头上像堆了盆炭火似的，压力巨大，焦虑不安到开始掉头发了。

要是我得不了诺贝尔奖呢？他问马红。

马红愣了一下，说，怎么可能呢？只要你坚持下去，一定会得的，我别的不行，直觉很准的，信我者，得大奖！

李渊像筋被抽了一样，整个人是空的了。

在李渊和马红同居的一年里，他总算认识了马红是怎么一个人，如果认识之前他知道马红是这种性格，他是万万不敢开始的。马红的求全责备到了骇人的地步，她总是执于一种"既要………又要………"的逻辑，让人实在受不了。不仅是拍照事件那种胁迫，连在外几点回家，都必须报备。包括晚上必须天天洗澡。洗衣服时短裤与上衣不能一起洗，因为短裤更脏，必须分开手洗。在巴厘岛的时候，她放着旅馆的洗衣机不用，全部自己手洗，让李渊很错愕，他以为自己终于为马红找到了带洗衣机的房间了。结果她说：稍微有点常识的人都知道，不能用酒店的洗衣机！你知道有多少人在这里面洗过衣服吗？里面有多少带皮肤病的、性病的、艾滋病的？李渊被这套宏论呛得一句话也说不出来！他觉得马红雄辩极了。而且李渊立即被马红归入"没有常识的人"里面。

李渊紧紧地闭上了嘴，虽然他意识中仍不服，不同意马红的观点，他觉得洗衣机本身是一种洗涤设备，还自带消毒功能，不可能传染艾滋病。但他完全不敢与马红争执，因为马红的口条极好，总是让口才并不差的李渊处于下风，有时更是一招致命！因为她总是一上来就质疑，话一出口就直指本质，什么回旋余地也没有，比如"没有常识"就是盖棺论定，接着她会深入揭批，最后让李渊彻底服输。刚开始李渊还很受用，他从来没遇上过这么聪明的女孩，果然是学核物理的理科高材生。但后来她天天这样"审判"李渊，李渊不但被压太甚，而且感觉腻味了，感觉这女人没人味儿了。

在他们关系变坏的后半程，李渊和马红之间全是她的话题，天天围着她这个中心，没有任何话题指向李渊，除了等待他的诺贝尔奖。生活上倒是全包，李渊连剪指甲都是她包办了，她一直希望他写作成功，可他只想写着玩，李渊心中的恐惧日渐扩大。马红等于把李渊囚禁起来了，一天到晚安排得好好的，为她买最新款的苹果电脑，美食点心样样具备，香烟好茶侍候着……连电话也不让他接，中午命令他休息四十五分钟，多一分钟少一分钟都不行。因为这是经过她测算的最科学合理的午休时间。

……当李渊拿到一大堆杂志社的退稿信时，他甚至有了一丝兴奋：觉得马红会据此认为他真的没有写作才能而放过他。他甚至漫不经心地瞎写，就是为了退稿。但恐怖的是：他故意变坏，她却始终如一。她说：哪有一年就成功的？有人坚持了几十年呢！

李渊觉得自己没希望了！

……他像变了一个人，原来那个风流倜傥、健康潇洒、高谈阔论的美男子，现在变成了一个说话小心翼翼、眉头紧锁、一脸沮丧的窝囊废。也难怪，马红能爱到你窒息，吃饭和穿衣服动作她都要管，完全把李渊当成她的儿子了。他说话说不合适，她一言就能把他拍死，于是，李渊越来越不想跟她说话了，因为很容易犯错，而且无法申辩，就是说连申诉权都没有。从难以对答到不想对答，李渊开始了沉默。

然而沉默也不行，马红会来追问和探究：你最近怎么啦？脑子到底出了什么问题？屁也不放一个，我还不够爱你吗？你还能有什么负担？有什么烦恼？我连袜子短裤都替你洗了，做饭给你吃，连碗也不用你刷，烟都下楼替你买，你都快成老爷了，还有啥不满意？还老三老四的？你说我图你什么？要钱没钱，要权没权，要脸，我比你长得更好，就剩下那么点才华，还要我侍候着，叫你为我写一首诗都不肯，推三阻四的，这我就不跟你计较了，但你，真应该知足了！

李渊只好说：亲爱的，我错了！我很知足啊，我最近是在思考构思，所以话少了。

马红慢慢笑了：这就对了，有一点诺贝尔作家的范儿了。

李渊无法说明，也无法申诉，只好装。一装，心就开始远离了。

他开始酗酒，当然是避着马红的。一般在马红周末两天不在家时悄悄进行。他和马红之间亲密的时候越来越少了。不行的频次却越来越高。马红甚至拉他看了一次医生。查了睾酮等指标都没问题。医生悄悄告诉李渊：有一种可能，就是畏惧。李渊问：畏惧？医生说，就是感到女方过于崇高，而产生的崇敬，由崇敬而变成畏惧。医生的用词把李渊逗笑了：医生您是在开玩笑吧？医生严肃地说，我没有开玩笑，就是畏惧，因为在男女双方的性生活中，无论女方再强大，都是容受性一方，而男性则是主动性和进攻性一方，即侵入性一方，他必须有一种压制的能力，这种能力来自于信心，信心不足很容易导致性生活失败的。

……医生的这番话帮了倒忙，令李渊更加无力。马红只归因于李渊的写作操劳。李渊天天盼着马红出差，但她只有周末两天不在家。有一天吃晚饭的时候，马红突然放下筷子问：你为什么天天盼着我出差？你是搞外遇了不成？

这突如其来的发问让李渊惊吓到差点从椅子上摔下去！脸色煞白。

马红直直地瞪着他……突然哈哈大笑起来，说，看你吓得，至于吗？脸都白了！也是啊，咱们两个，我对你这么好，你要是还出轨，那你还是个人吗？不能，就是人渣了哈。

李渊什么话也说不出来：第一，他这才明白如果他出轨马红会干出什么事来。第二，他已经慌乱成这样，完全像一个做贼心虚的出轨者，但马红却相信他根本不可能出轨，可见她到了何等自信的程度。

但世间的事情就是这么吊诡，李渊果然还是出轨了！而且出轨对象居然是马红的妹妹马艳！这相当惊悚的剧情仅在这次傍晚对话的半个月之后就上演了，那也是一个周末，李渊一个人在家中痛苦至绝望，像陷入了一个煎熬的无人之阵。一个人开着马红给他买的Z4跑车在北京城乱窜，却不想进入任何一个酒吧，他觉得那解决不了问题。他莫名其妙地把车开往郊外，不知不觉来到了通州，车停在潮白河畔，在车里,李渊把一瓶洋酒喝个精光。

他突然想起一个人来:通州不是马红的妹妹马艳住的地方吗?……不知道为什么,李渊突然鬼使神差地产生了一个奇怪而强烈的念头:很想见见马红的这个妹妹,他强烈地想知道一点,这个马红的同卵双胞胎姐妹,会不会跟马红一个性格?因为他被马红的性格吓坏了,他想了解:马红的性格是不是很罕见的?独特的控制型人格?世间不可能都是这样的人,否则会天下大乱的!实际上与其说想了解马红的妹妹马艳,毋宁说李渊强烈地想找人倾诉!他已经憋得快要崩溃了!在这个时候,最吸引人最神秘和最合适的被倾诉对象,不就是马红的妹妹马艳吗?因为只有马艳,才知道马红这种性格的成因,才能告诉他很深的秘密。

李渊几乎想立即见到马艳。

但他不得其门而入。于是他悄悄地回到家里,在挂历上果然找到了马艳的手机号码。熬到了下一个周末,李渊又悄悄地来到了通州。

他终于打通了马艳的手机。

当一个几乎和马红一模一样声线的声音在电话那头响起时，李渊心脏都要破了。对方只说了一句"喂，我是马艳"就不吱声了。李渊说自己是马红男友，并解释了半天，都没有听到回应。她们姐妹俩绝交多年，接到这种电话想来也是会很震惊的。直到李渊一直表明他没恶意，也保证自己不是为马红传话、只是路过通州谈项目，想起马红说过她的妹妹，作为她的准姐夫，很想认识一下马艳，仅此而已。

你要认识我干嘛呢？马艳道。我跟她早就不来往了。

我知道。李渊索性摊开说了，不是因为她，是我要找你。

你找我干嘛？我不认识你。马艳说。

现在就认识了。李渊道，我就直说了，我和马红出了问题，很严重的问题，我快崩溃了！所以，我想找你聊。

……对方听了，沉默了不一会儿，说，一会儿你到通州大环岛下面的肯德基等我。

晚八点，李渊在肯德基见到了马艳。她长

得和马红几乎一模一样！差点吓到李渊。但她的脸似乎更圆一点，也比马红更白。穿着风格则完全南辕北辙，马红是比较保守的，马艳却松松垮垮地穿着一件溜肩大衣，宽松的牛仔裤，一条裤腿是挽起的，手上还有一个蝴蝶纹身。

他们在肯德基坐了一会儿，喝完了一杯可乐。餐厅有人举行孩子的生日宴，太吵了，他们根本没法谈。大概也是马艳看明了李渊的确没有恶意，李渊聊的马红的事也足以证明他确实是马红的男友。于是马艳说：这里太吵，到我家聊吧，我家就在这楼上。

……两人来到七楼的一套大单元里，房间多达三间半，那半间还能住个保姆。厅的面积得有四十平米以上了吧？只是装修风格停留在2000 年以前，不过墙纸选得不错，看上去居然有点异国情调。

李渊心中暗暗为马红不平：这么一套大房子怎么就留给马艳了呢？不过马红现在的房子在朝阳，说不定更值钱呢？

马艳从冰箱里拿了一罐啤酒给他：我这儿

没啥喝的，吃的就更少了，我可比不上马红会做饭。凑合喝吧。

李渊说没问题。他接过啤酒大喝了一口，沁人心脾！马艳斜躺在沙发上，脚挂在沙发外面直晃荡。李渊也把腿盘起来，心中有一种奇妙的轻松滑过。

马艳说，好，说说看，你为什么逃到我这儿来了？不，那俩娘儿们是怎么气的你？都竹筒倒豆子，全倒出来吧！

……那天晚上李渊没有回朝阳。他和马艳两个人，松松垮垮地躺在长沙发上，一边喝酒，一边控诉马红的"罪恶"。李渊一边揭露，马艳一边佐证和帮腔，比如"说得好！""她就这德性""你才知道啊""够你受的""要不我怎么会跟她绝交""她一辈子也找不到好男人""她总是暴殄天物"……

最后她总结道：马红就是个自以为是的王八蛋！贱人！你找我还找对了，只有我能救你，让你提前认清她的真面目！要是再晚一些，你就死在她手里了！

李渊说，原来如此。

马艳说，半夜三点了，你还回去吗？

李渊想了想，说，不回去了。

当晚，他们就在一起了。

……李渊奇怪地问：为什么你和她长得一样，感觉却不一样呢？

马艳不屑地说，我们只是皮囊相同，这里面完全不一样！她指指心口。

李渊问，你会管我吗？

马艳说，我才不愿管你呢，你们的事儿我也不想管，你随时可以回到她身边，我不妒忌，男人不是孩子，更不是机器，是人，人能管得住吗？

李渊震惊地问，你是在逗我吧？

马艳点了一支烟，说，绝不！我就是跟那贱人不同，要不然咱处处看？她是个事儿妈，我是个马大哈，她随的我爸，我随的我妈。

李渊奇怪了，那为什么你没有跟你妈过，反而是她跟你妈过了呢？

马艳不耐烦地道，你是要查户口了咋地？

有原因的！难以启齿的恶心透顶的原因，想听吗？！

李渊摆摆手，不听了，不听了。

马艳摁灭烟头，说，你这人不错，怎么就让她给骗了呢？现在吃苦头了吧？得，我也不逼你，你呢，要是受了委屈，就到通州来，我这儿的大门随时为你敞开，就是蓬门今始为君开，你爱啥时来就啥时来！

马艳突然大笑起来，笑得前仰后合，在长沙发上乱滚。

李渊心里默默想，这是啥人呢？怎么跟马红完全像两个人，不，我的意思是她们完全不像姐妹，更不像双胞胎姐妹，性格南辕北辙。

三

私会马艳后的李渊心神不宁，只要看到马红，他的心跳就会加速，幸亏外表波澜不惊，算是掩饰过去了。但整整一周，他心里七上八下，无法相信自己做下了这种事。他惧怕失去马红，所以最后暗暗做了决定：彻底和马艳了断，反正只发生了一个晚上的事，应该是很容易抹掉的吧？像马艳那样的性格，好像也是满不在乎的、应该不会缠住他的吧？李渊果真整整一周认真投入写作，好像那个晚上的事从来没有发生过。

不料就在第二个周末，星期六中午，刚刚出差的马红突然提前回家，跟正在酗酒的李渊撞个正着。马红说她要去讲课的那个城市突然疫情封控了，没去成只好回家。她放开让李渊抽烟，说是为了灵感，但严控他喝酒，因为一个男人如果染上酒瘾酗酒就基本完了。所以她看见李渊背着她喝酒，还居然把一瓶白兰地干光了，趴在地上呼呼大睡，气得马红用脚一直踢他，直到把他踢醒。

接下来就是马红一顿狂风骤雨式的谴责和轰炸。

奇怪的是，这回李渊一个字也没回。静静地谛听着这咒骂结束。

马红骂完了，奇怪地问：你为什么不回

嘴？

　　她像面对一个演对手戏的搭档忘词一样地问道。

　　李渊歪着头，嘿嘿笑了两声。心里无比轻松。

　　马红一出门。他马上驱车出发去找了马艳。

　　……李渊从背叛后吓得魂飞魄散、慢慢发展到理所当然，是有强大原因的。一开始他产生了大难临头的感觉！因为背叛马红比当年叛徒"叛党"还严重！马红对他的"好"就像孤悬的剑，能让他身首异处！他发毒誓不再继续。但随着马红对他的谴责不断升级，李渊如果不反抗：一则只有自己毁灭，二则反而找到了一种平衡机制。现在他选择的后者：因为背叛了马红勾搭了马艳，使得马红对他的管辖和咒骂显得非常合情合理，他的愧疚成功地抵消了愤怒，于是李渊变得完全能忍耐马红的苛责。这是他自己始料未及的。

　　于是李渊开始每周准时地私会马艳。他与这姐妹俩都达成了和平共处，形成一种吊诡的微妙平衡。

马艳有的是时间，她打的是零工，就是工作日去一些产品发布会表演简单的杂技之类，所以周末在家，她就闲了。她赚多少花多少，日子过得随意潇洒。

李渊把她姐姐发脾气的事告诉马艳。马艳说这个贱人，她贱就贱在这里，一个女人不是不可以管男人喝酒抽烟，问题在于为什么就只能抽烟不能喝酒呢？谁规定的？管小屁孩呢？太霸道了吧？谁都非得按她规定的习惯和要求生活？凭什么啊？她就这揍性！小时候带我出去吃了几串的串串香，就老三老四的开始管我了，啥都得听她的，天天说是她带我出去吃香喝辣的。在杂技团时也这样，我就不服！天天教训我，说我老偷懒，要我好好练，不然对不起爸妈，跟我妈似的，结果呢，我随便练练，就过关了，她一个拉伸半个月还过不了，我柔韧性就是比她好！天生的！这下结仇了，这贱人就是爱记仇，说我不爱她，也不尊重她，在我爹妈前告我状。我们关系越来越差，终于走到了绝交的地步。

李渊点头，她是有这毛病。

不是有这毛病，是很严重！李渊，你知道我为什么会兜着你吗？为什么会愿意跟你在一起吗？为什么不在乎你是不是还跟她在一起吗？因为我就是要让她看看，我和她谁更有魅力！

李渊有点紧张了，马艳，你千万别告诉她我们的事。

马艳说，行，我不告诉她，你放大心啦！我倒要看看，她到底留得住留不住你！

……在与马艳交往的头三个月里，李渊好像直升到了天堂，马艳对他行为的宽容，给予他几乎最大的自由度。他知道马艳是故意这样做的，就是故意允许他脚踏两只船，她未必能长久忍耐与马红分享李渊，而是对李渊迟早脱离她姐姐抱有必胜信念。当然这只是李渊的猜测。李渊目前还不想离开马红，最大的原因在于他无法想象马红会做出什么剧烈反应，他完全承受不住。而在通州和马艳在一起的时候，李渊仿佛窒息者突然扑入富氧环境一样，幸福无比，自由奔放！像神仙一样可以为所欲为。

李渊想：马艳简直是天使下凡！人间哪有这么通情达理的女孩？估计她也是被马红压迫坏了的一种反拨。在这一点上，李渊和马艳是同病相怜的。

……还有一个意外收获：与马艳的交往开始后，李渊与马红反而正常了，是愧疚治疗了他。

与马艳相遇真是一剂神药，治愈了他的好几种病。

……但这种好日子非常短暂，没过多久，李渊把背叛马红、与马艳来往慢慢当作理所当然。他又开始注意到马红那骄横跋扈的性格压力。马红继续以"圣人光辉"照得李渊睁不开眼睛。比如今天下午，就因为李渊说了一句"一个人一辈子完全可能爱上好几个人"，马红非常激烈地反驳他：不可能！最爱的那个才是爱，别的只能叫喜欢。李渊解释：那这样说好了，在不同时期可以爱上不同的人。马红仍然不依不饶，说这也不可能！比如我爱你，就只能是你一个人！除非发生一件事，你去死！你死了！过了很久很久，我可能会爱上了另一个，为什么呢？其实我是在另一个人身上继续寻找你，我爱的还是你！明白吗？李渊？在天上，你们统统是一个！

李渊被她震撼了！他升腾上一种被哲学和情感双重倾压的厚重感，对马红肃然起敬，又无限畏惧。

马红眼含泪光：李渊，我今天告诉你一个真相，你，李渊，是我第一个男人，是我的初恋，在你之前，我没跟任何男人有半点瓜葛！我年龄不小，但你是我的初恋！

……李渊根本来不及想为什么我是她的初恋、她却不是处女。他只好相信，有些失身是事故，不是真正的失身。从她爱的真切和强度，难怪会爱到我如置身烈火中炙烤！因为她真的是初恋。

那一刻，李渊流下眼泪了。

他开始被与马艳交往的罪恶感烧灼。马红

"好"到让人害怕，一开口就一堆话射出来，连珠炮似的，雄辩极了，让他哑口无言，本来他准备了长篇大论为自己的观点辩护，顷刻间土崩瓦解。

春天来了，潮白河畔柳絮飞扬，空气渐渐增加它的体重，终于浓湿到可以喝了。李渊身上干燥的白皮脱落，露出温润的新肌肤。他驾车往返于朝阳和通州之间，大口大口地吸入伴发着甘甜树叶芬芳的空气，觉得整个人都活了过来，全身紧锁的毛孔渐次开放，压抑在胸口的一股黑色的气味，从绽开的毛孔中窜出，他通体舒泰，心情轻松。

显然这一切是马艳带给他的。他为自己能遇上马艳欢欣鼓舞。李渊觉得这是命运的安排，并不是自己出轨了，而是马红对自己的压迫，须得她的姐妹来补偿他一样，否则对他很不公平，因为马红的压迫感是非常人所能忍受的、是直抵心灵和尊严的，正如她的爱也是巨大和恐怖的一样。这种挟带着爱的压迫因其天然的正义性，让人无法反抗只能忍受，会造成内伤。

他感谢马艳，李渊甚至可以将在马红那里受的罪发泄在马艳这里，除了性欲，所有负面的情绪，马艳都可以作他的垃圾桶，她宽宏大量到一个地步，好像根本伤不到她似的，每一次幽会，她都在听他控诉，然后哈哈大笑，跟着骂几句。于是李渊每周不断地去找马艳，发泄完就可以轻松离去。这使他入迷了，后悔自己怎么先遇上的不是马艳，而是马红呢！

……两个女孩李渊都不想放弃，离开她们中的任何一个都不可想象。于是他像在练习一呼一吸的吐纳法，在一个人处享受爱，再在另一人处释放压力。李渊和马艳仿佛是为共同声讨姐姐这同一个目标而约会的，所以话很投机，最重要的是李渊减少了、甚至完全没有出轨的道德羞愧感。这是一种奇怪的平衡法，一周见一次，维持着一种诡异的暂时的平衡。

李渊对我说，那时我突然发现，这俩姐妹都很好，我真不舍得任何一个，知道这样不好，但我好像走进了一个困境，我知道最爱我的是马红，但我必须有马艳才能领受马红的爱，不然我受不了！马红不给我自由，我得不时去马艳那里透口气，我才能抵消马红的副作用，马红的爱就全部变成好的了。反过来，如果没有马红，我只跟马艳在一起，又会发慌，好像没有了主心骨，马艳是给予我完全彻底的自由，跟她处很轻松，但一想到要跟她结婚，我心里就完全没底了，跟马红过日子我能想象，也有把握，跟马艳过日子，我完全不可想象，会是什么局面……

我说，所以，不给你自由，或者给你太多自由，你都不满意？

就是这种情况。李渊说，我现在根本来不及想得更深，我只求应付好目前的局面，有时候我想，如果两个都能娶该多好。那行，那肯定没问题。但世界上有种事吗？所以，我只能不去想它。广天，我过去确实是脚踏两只船，不，我是五马分尸，可自从交往马红之后，我绝对不是这样的人了！我可以对天赌咒发誓，我是迫于无奈，才同时交往，分别享受，在一个地方过工作日，在另一个地方度周末。这并不是我最初的本意，我的本意恰恰是准备开始专一爱一个人的。每周去看我父母的理由用完后，我又骗马红周末在异地找了一个培训的工作。于是乎，又挺过了半年，朝阳和通州双边皆平安无事。

直到马红突然要去广州跟一个老师学习插花艺术一个月。我一整个月天天跟马艳腻在一起，我俩终于出了问题。我指的是我和马艳。这次的严重冲突，直接击垮了我和马艳的关系，使它濒临崩溃，比我和马红的分裂快速得多。

我庆幸暂时逃脱了马红的魔掌，可以不用坐在书桌前搜肠刮肚、作语不惊人死不休状了。我接续上了老客户，开始囤积口罩，然后批发出去。那时候疫情刚开始，我嗅到了商机。于是我住到了马艳家里，因为客户刚好在通州。

但就在这时，我开始发现一个问题。

马艳这个人很自私，跟马红完全不一样。我每天忙得跟狗似的回来，只想瘫在沙发上休息，累得连饭都不想吃，马艳整天躺在家里追剧，却懒到连一双袜子都不愿意帮我洗。刚开始我还没发觉，直到我找不到衬衫穿了，急着出去见客户时，经马艳提醒才发现我的一堆脏衣服还全堆在筐里。我惊愕地问：你没洗？马艳也奇怪地问：我？你没叫我帮忙啊？我就更奇怪了：这还要叫你帮忙？马艳严肃地说，你什么意思呢？你的衣服你自己不洗的吗？……我被她怼得说不出一句话来。在我的理解中：女人帮男人洗几件衣服是理所当然的事。马红都全替我包办了，马艳却连这个都要分开？当然我忍住了，没把她和马红比较，但心里很不爽！我这个月给了她一万块钱伙食费，她连一条裤衩都不愿意帮我洗?

我默默无语地自己洗完衣服，好像被当头敲了一棒：马艳和马红是不同的，尽管她们几乎长得一样，但很清楚，这是两个人。

我记住了。不过这才是前奏。不到一个星期，更大的考验到来：我发现马艳的生活习惯和有洁癖的马红完全相反：非常不修边幅，甚至可以说是不讲卫生了。整天猫在家里刷剧，一窝进沙发就可以半天一动不动，旁边摆满了零食，瓜子壳掉得满地都是。尤其让我讨厌的是：她竟然像男人看球一样，要喝啤酒！一箱啤酒哐当一下摆在地上，瓜子鸡爪就啤酒，那气味非常上头不说，哪还有一丝淑女样儿？

她问我：你不喝点儿。

我忍住不满，说，我就算了。

……她似乎看出我有些不高兴。晚上睡觉前，她说，对不起啊。我问对不起什么。她说：我声明一下，我不太会关心人的。我说，没关系，我自己能照顾自己。实际上我心里很不舒服，不舒服在于她说的话，让人生气，什么叫"我不太会关心人的"？不太会关心人很高尚吗？还拿出来说？好像理所当然似的。比起她姐姐，马艳真是太不够格了。

不过她有一个优点，就是不会管我任何的事，给予我最大的自由，这一点令我相当舒服和开心。

但第二天早上醒来，不愉快又开始了：我

醒来时她还在呼呼大睡，我以为有丰盛的早餐等着我。实际上搬过来住的第一周，都是我在弄早餐，因为马艳早上起不来，那也就算了。也许是受马红的影响，我变得爱张罗事儿，马艳基本上不做饭的，我们都是叫外卖，也都是我下单点菜，马艳倒是不挑，我叫什么她就吃什么，这在女孩子中很少见。但问题是我这几天一直忙碌着跑业务，昨晚还在床上大战了将近两个小时。再不济今天早上你马艳总应该起来给我弄一顿早餐吧。然而并没有。

我就一个人坐在桌前，抽了一支烟，望着睡得像死猪一样的马艳，突然觉出一阵恶心来。

我发现自己有点不喜欢这个人了。

……我一直坐着发呆。直到快十点钟了，马艳才睡眼惺忪地起来，问我，你没吃早饭？我没好气地说，我都快累趴了！不吃了。马艳嬉皮笑脸地贴上来，用手摩擦着我的脸说，看，公子发火了？好好好，我来做早饭，哦，不对，中饭吧，我们吃个好的。

我心里说，知错能改，算你还行。

……马艳让超市送了几个预制菜，在锅里胡弄了一会儿，端上了桌。我正在看手机，回复几个客户订购口罩的信息。马艳走到我面前时，突然用脚踢了我的腿几下，讽刺地问：看来你是从来不做家务的是吗？你在马红那里是不是也这样跷着腿光等吃的送到嘴边？嗯？

我一听，立刻一股火腾腾地往脑门子窜：这话说得实在太混蛋了！你他妈的就第一次为我做饭，我帮你做了多少早餐了？收拾过多少屋子了？订过多少外卖了？你有什么权力反过来要求我、指责我？你刚刚开始破天荒第一回帮我做顿饭，饭都还没做完呢，就不情愿地咧咧倒把我给骂上了！我还一口热饭都没吃到呢！跟马红比差点实在太远了！

我愤怒得无言以对，拿起手机突然就这样冲出门外了！我没法跟这个人对话了，什么也不想说了。我去楼下肯德基吃了一堆炸鸡，一个人要了一个全家桶，拼命吃。心里实在太难受了！我不是为一顿饭，而是隐隐约约觉出一种危机来：我是逃脱马红的魔掌来到马艳家的，因为马红不给我自由，可现在似乎这梦想要破灭了，我期待的恐怖平衡要打破了：马艳这里也不是我的归宿，甚至比在马红家更难受！

……我刚咬完一块原味鸡，马艳出现在我面前，笑着看着我。我很错愕，原以为我拂袖而去会惹她大怒，结果她现在笑嘻嘻地看着我，说，我以为你不想吃我做的，是有什么山珍海味可吃呢，结果还是垃圾食品，哈哈，这么一大桶你一个人吃得完吗？马艳揪着我的脸皮调笑，说，来，让我帮你完成任务吧。说着拿起一条大鸡腿大吃起来。我被她弄得瞠目结舌。她不但没生气，还拐着弯找我说话，没皮没脸的。看来我是弄错了：我把她当成马红了，因为她们长得太像了，马红是一句话说不顺都要较半天劲儿的人，马艳则是没皮没臊的滚刀肉。

我明白了：世界上没有"都好"的事，"双赢"的事，"既要……又要"的事。马红和马艳，你得作出选择。我原先天真地想两边都占的念头，真的是被鬼跟了！世界上没有这样的事。但我是被马艳迷惑了，我误入歧途了。

　　生活上的差异只是个开胃菜，更猛的料在后面。李渊发现：他搬过来和马艳同居一个月，原以为她会和自己如胶似漆，却没想到她竟然经常晚上不着家，出去和她一批莫名其妙的朋友瞎玩，有时厮混到深夜，干脆不回来了，就在外面过夜，让李渊瞠目结舌。马艳分辩说，她又不是现在才这样的，她经常在闺蜜家过夜，这有什么呢？李渊说，我怎么不知道哇？马艳说，你以前只周末过来，我就留在家里陪你啰，别的时间我也有我的事啰。

　　李渊说，你这样……好吗？

　　马艳眼一瞪，有啥不好？我又没做什么坏事。

　　李渊问她一起喝酒打游戏的是男的还是女的？

　　马艳说男女都有啊，怎么啦？不高兴了？我都没管你的事，你为什么要管我的事？我给了你最大的自由，你反倒不给我自由？

　　李渊不知怎么解释：不是，我不是这个意

思，我们不是在一起了吗？你这样和别的男人混到三更半夜，合适吗？

马艳打量着他，说，我就奇了怪了，我是你谁啊？你的女朋友是我吗？不是啊，你女朋友是马红啊。

李渊渐渐感到胸闷了，语塞：我……我是说，我都住到通州来了，你竟然敢在外面玩到三更半夜？

马艳端起他下巴：我卖给你了吗？李渊？卖了吗？为什么你可以脚踩我和我姐两只船，我却出去玩一下都不行？

李渊无言以对了……

马艳点了一支烟，说，不是说好了互不管对方的事吗？给对方无限自由，不也是你要的吗？现在各玩各的，你就受不了了？这没有道理的嘛。

李渊闷声道：我受不了！我要回去跟马红断了！

别别别！千万别！马艳摆手，别给我增加负担，我自由惯了的，而且不是我先找的你，是你先找的我。

李渊喃喃自语：……你不觉得我们这样下去是不行的吗？

马艳问，为啥不行啊？说来听听。

李渊说，我跟你，要这样，就只有性，没有爱了……我要是一点儿也不妒忌，你觉得正常吗？那肯定是不爱了，可要是我忍耐你这样，我们就只有欲望了，我要是还爱你，我们就都要彻底来解决这个问题。

马艳呵呵呵地笑起来了，越笑越大声，最后哈哈大笑，好像要笑岔了气。

你还挺认真的，小样儿。她亲了李渊一口，又拧了一下他的脸蛋，说，这一点都忍不了，还敢脚踩两只船，你真是胆大包天了！

李渊一脑壳全是麻绳线头，手抱脑袋不吱声了。他还没想好怎么解决这个问题。刚才随口说要去和马红分手，只是冲动随口一说而已，他根本无法想象如何跟严厉的马红开这个口。而且他现在开始怀疑马艳的人品了，这种女人能和自己过日子吗？

……一个月过去了一半。除了周末，马艳晚上继续在外面造。李渊忍不住打电话吼她。她就把一帮男女朋友带回到家里玩，喝啤酒和扯闲篇，打游戏加看剧，把家里弄得乌烟瘴气。她对李渊说，我怕你瞎担心，把人叫家里来了，就在你眼皮子底下玩，你总归放心了吧?

李渊被她怼得一句话也说不出来。闹腾到十二点还不走，李渊被音乐震得脑壳要炸裂了，只得灰溜溜地逃跑，又到楼下肯德基去喝饮料，喝一会儿出来看看楼上的人走没走。直到两点，他们才散去。

李渊回到家里，现场狼藉一片。就剩马艳一个人歪在沙发上睡着了。李渊愤而进了卧室，独自闭门睡觉!

睡不着……他只好悻悻起床，出来把厅里收拾干净。这时已经是三点半了。

……接下来他没法睡了，就坐在沙发上抽烟，喝他们剩下的啤酒。看着睡得像死猪一样的马艳。

清晨，曙色微茫。一柱阳光把马艳弄醒。

她惺忪起身，看了看四周，说，你帮收拾了？没必要的，这个该我收拾。

李渊问，是不是我错过了什么？我不知道你竟然是这样过日子的？

马艳说，你是我谁呢？你是我爹？看着我长大的？我在我家招待客人，做错了什么？

李渊只好说，没做错什么。

马艳说，那不就结了？你真是个事儿爹，比我爹还爱教育我。我给你弄点吃的？

李渊起身出门，不用了，我到下面喝碗豆浆。

……李渊往楼下走的时候，想，幸亏马红出差，幸亏我过来同居一个月，否则我根本不知道马艳是这样一个人，我要真的跟她生活在一起，我不死也得疯。

可他在喝豆浆时又冒出另外一个想法：可是，可是我在马红那里就很愉快吗？我不正是在马红那里受不了才逃出来的吗？这对姐妹到底是怎么啦？都不能处？或者是我弄错了？是我自己出了问题？否则为什么两个南辕北辙的姐妹，我都处不来呢？这是什么情况？到底是怎么回事？究竟哪里出了岔子？

　　李渊和马艳正式决裂发生在这一个月的最后两天，终于没有挨过一个月。

　　比马艳动辄在外留宿，她的一些小毛病已经不算什么了：比如马艳生活中的脏乱差，有时达到李渊难以置信的程度，她用脚抵住自己换洗下来的衣服在地上当抹布擦，让猫喝自己杯子里的水，自己接着喝。这些李渊都能忍受，但他无法接受马艳在李渊住在通州时还出外留宿。昨天马艳就不告而别，第二天上午十点才回家。李渊问她在哪儿过的夜？她说在陈兵家，李渊一听这名字就来火，这是男的，是马艳最要好的牌搭子和游戏搭档。

　　李渊吼道，你怎么能这样？！马艳疑惑了：我又没有跟他们睡觉，你急个啥子？李渊问，你就没觉得这样不妥吗？马艳反问：啥叫不妥？妥是什么？到底是行还是不行？我给了你自由，为什么你就不能给我自由呢？李渊说，我给的是别的自由。马艳笑了：男女之间的自由，不就是这个自由吗？难不成还有别的什么自由？……李渊想了想：这个自由我给不起。马艳就较劲儿，这个是什么自由？是指乱交往吗？我没有啊。李渊问，我怎么知道有没有。马艳一脚踢在他腿上，吼，我说没有就没有！怎么的啦？房间里有三个人，除了陈兵，炮子也在。李渊辩解说他只是觉得这样不好。马艳咄咄逼人，怎么就不好了？谁说这样不好了？你说不好就不好吗？标准是你定的吗？我和你，这还根本没到各玩各的程度，你就受不了了？你要是妒忌，你就去找陈兵问问我们那晚发生什么啦？

　　李渊停顿了好一会儿，说，我要去跟马红说清楚。马艳说不必。李渊说，因为我没有拎清楚这个问题，爱好像是唯一性的，一乱性，必然就没有爱。马艳听了他这话，吃吃地笑起来了：你说啥？爱？爱是什么劳什子啊？你当初来找我的时候，告诉过我爱是什么了吗？

　　李渊抓着头皮，说，那这个界限在哪里？

你在男人家里过夜这事不严重吗？

马艳说，不是三个人，到后来是两个人，炮子因为父亲心脏病突发半夜走了，这怪得了我吗？

李渊跳起来，两个人？

马艳讽刺地笑了，瞧你着急上火的，就是两个人。有区别吗？

李渊问，我要是像你这样，你就一点也不妒忌？那你对我是真爱吗？

妈呀！又说爱了。马艳叹道，爱到底是什么鬼呀？你跟我说道说道？能说得清楚吗？是黑白分明的吗？是黑白分明的话，你为什么现在还脚踩两只船呢？

李渊被马艳怼得无言以对。

……李渊整夜不眠。他半夜一个人在潮白河边散步抽烟，像一只夜行的鬼一样。现在他很犯难，很疑惑：他不知道接下来该怎么办。平心而论，马红和马艳都待他不错，虽然一个限制他自由，一个放任不管，总之对他是可以的，甚至可以说她俩都爱他，当然换过来说也一样：他也爱她们俩。但无论跟哪个在一起，现在似乎都出了问题，这究竟是怎么回事？难道不是她们的问题，是我自己出了问题？可我却是拿出了我从来没有过的认真和诚意来经营这份感情的，将我从一个花心大萝卜变成了一个痴情汉，还不够吗？那我还不如回去当我的流氓算了。但李渊尝过爱情的甜蜜，根本没有决心回去当他所谓的流氓。他觉得自己已经背叛马红了，如果再背叛马艳，他绝对受不了！即便马艳无所谓。

……马红终于出差回来了，她对李渊的"背叛"一无所知，还给李渊带回了一背包的礼物，从刮胡刀到高级衬衫，让李渊羞愧得好像有一盆炭火堆在他头上。李渊暂时不用去通州了，虽然躲开了与马艳吵架，但问题仍没解决，因为他还没有和马艳分手，一想到要和马红结婚，一辈子生活在她的"魔掌"之中，李渊心里就掠过一丝寒意。他又开始向往和马艳在一起时的无拘无束，一想到和马艳结婚，有可能夜夜守空房时，李渊更是肝胆俱摧。他在心里呼喊：就不能让我遇上一个正常一点的女人吗？为什么这两个都那么奇葩？不过他又说服自己了：要不，她们为什么是孪生姐妹呢？恐怕她们是有遗传到什么精神病了不成？

……三天后的一个炎热的下午，灾难来临！李渊败露了。他和马红正在泡一壶大红袍岩茶，李渊突然内急，奔向厕所，刚走一半马上折回，拿起手机，因为手机还亮着，还没锁屏，他慌乱地赶紧锁屏。马红眉头一皱：你不是要窜稀了吗？还顾得上手机没锁屏？手机上有秘密？

李渊干巴地说，没有哇，能有啥？实际上他吓得心脏都快要蹦出来了，手机上全是他和马艳的肉麻微信。

马红一把抢过手机，问，没有你那么紧张干吗？

李渊……我没紧张啊。

马红，把手机解开！

李渊就全身僵硬了。他停了一会儿，说，

你就这样不信任我？

……马红不吱声，就看着他。

李渊说，那，我也看看你的手机？

马红看了他一会儿，把他手机一扔，谁稀罕！

……李渊觉得他险些四分五裂了。

他以为这事儿就这样过去了。不料吃晚饭的时候，马红突然问了一句让他肝胆俱裂的话：你去通州了？

李渊像被雷打在座位上，完全说不出话来了！他如同石像一样注视马红。

马红说，马艳给我打电话了。

……李渊快速搜寻着能应对的句子，但他实在找不到。只好啊了一声。

她说你去通州谈业务找她聊过一次天，在肯德基。

李渊这才慢慢安宁下来，说，啊，是，是有过这么一回。不是，马艳不是跟你断绝来往了吗？怎么给你打电话呢？

马红反问，还是我先问你吧，你怎么会突

然去找马艳呢?

李渊说,不是我找,是我在肯德基遇上她了,她太像你了,当场就把我吓住了! 这不就认识了吗! 李渊为自己的机智击节赞叹!

马红笑起来了,哈哈哈哈笑不可支,用手掩住嘴。李渊心情略微轻松下来。

马红说,马艳也不是一点都不联系我,只是非常少,那天是看到你了,才突然打我电话的,我们有两年没联系了。

李渊问,她怎么说我的呢?

马红突然表情严肃,她说为什么我总是落得了好事,说我找了一个好男人,巨帅,还很体贴。李渊,她怎么知道你体贴呢? 你们没发生点什么吗?

李渊急忙否认,不可能! 就见过一次! 就一次,肯德基,我发誓!

马红说,我又没说啥,你急什么呢?

但她锐利的眸子里已塞满了狐疑。

……接下来事情的发展变得不可收拾。马

红越来越魂不守舍。她的脾气也越来越大，经常因为一件小事发火。虽然嘴上啥也不说，李渊知道是因为什么。李渊眼巴巴的终于盼到了周末，想赶紧去通州了解一下马艳为什么要给马红打电话，因为马艳一直不回他微信，快把他急疯了。

但马红突然不让他出门了，马红赤裸裸地问：我怎么知道你不是去找马艳呢？李渊说怎么可能呢？马红说，你不是每周都要去通州谈业务的吗？怎么突然又不去了呢？李渊说，这不就要去了吗？我现在就要去通州。马红说，还是去找马艳。

李渊一屁股坐下，说，我是去，还是不去呢？

马红说，去，尽管去，马艳比我好，比我年轻，比我漂亮，比我情商高，你一定会发现，她比我好多了。她绝不会管你，你会很自在，很放松，很幸福。

李渊喊，这是哪儿跟哪儿啊？我真的只见过她一次。

马红也厉声喊道，李渊，你这个王八蛋！你以为我是个傻子吗？马艳都给我打电话了，能有什么别的事？这不明摆着跟我示威吗？！我和她较了二十多年的劲儿，我不知道她心里想什么吗？！李渊，你现在乖乖地给我滚到通州去，跟那个贱货说清楚，你到底想跟谁在一起！否则，我今晚就找她去！

马红抄起桌上的平底锅，向李渊猛劈下去，李渊的肩膀立即像裂开了一样。

他夺门而出！

李渊驾车冲破夜幕，裹挟着一团黑暗，向通州驰去。他在潮白河上独自徜徉到了半夜，最后决定和马艳好好谈谈。这好好谈谈的意思，有作出一种重要选择的意味。

他擂响了马艳家的门。马艳惺忪地开门，看见李渊时似乎很惊讶。马红不是回来了吗？她问。她的意思再明显不过了。李渊说，马艳，我们好好谈谈。

两人在沙发上坐定。一阵令人窒息的沉

默。双方都明白对方要谈什么。但李渊还是先发话了：你干嘛给马红打电话？马艳说，我没说啥呀，我只不过告诉她我认识了你而已，而且在肯德基里。李渊慢慢松了一口气。我们谈谈吧。他说。马艳打着哈欠，谈谈就谈谈吧，有什么了不起。她还是一副无所谓的样子，让李渊心头火起：你真是滚刀肉啊？死猪不怕开水烫？马艳突然表情一凛：你说啥？李渊道，我们不能再这么下去了。马艳立刻厉声喊道：李渊！你他妈的奇了怪了！我怎么你了？是你来找的我，要咋整也是你咋整？你惹的我！你忘了吗？！

　　李渊立刻噎住了，他似乎把这个基本的事实都忘记了。他冷静了一下，把事情快速在头脑中理了一遍，说，对不起，我是说，我们不适合继续这样下去了。

　　这没问题，随你的便。马艳盯着他，说，问题在另一个方面，为什么你非得要回马红身边？我不是跟马红争夺你，是想搞明白，当初你来找我，你自己不是说得清清楚楚吗！你是在马红那里快憋死了，快窒息了，才来我这儿透气的吗？现在到底怎么了？

李渊说，可是，我觉得她是爱我的。

马艳说，可你明明跟我说，她的爱没有自由，不算爱，她的爱快把你憋断气了！如果爱都是这样的，你宁可不要爱，自己一个人过日子清静，你是不是这样说的？

……我是说过。李渊悻悻然，可是，你这样不管不顾的，也不是爱，就是自私，我也不要。

马艳嗤笑出来了，这也不是爱，那也不是爱，这你也不要，那你也不要，你以为你是谁？啊？

李渊抱着脑袋，你别问我，我现在自己也犯糊涂……

你自己还犯着糊涂？也敢来惹我？你以为我是谁？是叫化子吗？我这是旅馆吗？你想来就来想走就走？

李渊痛苦地坐下来……

马艳，我还真不是这样的，我是认真的。

李渊说，要说流氓，过去我的确是个花心大萝卜，可自从遇上你姐之后，我就不是了。我对你们俩，都是认真的。连我自己都不知道发生了什么事。

　　我相信李渊这样说是真实的，也是真诚的，作为他的老同学加好友，我太了解他了，了解他的过去，也了解他的现在。他过去生活放荡，反而是这个人"轴"的表现，他的价值观很拧巴的：一旦他认为爱情虚无缥缈，他就会在男女关系上放浪形骸。反过来，一旦他认真起来了，就会非常专一，严肃。所以可以这么说：李渊非常严肃地爱上了马红，却遇上了困境，于是他又非常认真地爱上了马艳，也遇上了困境。他就傻眼了。

　　这两个姐妹的性格完全不同，正好像给了李渊作试验一样：选择谁都不对，看来问题出在自己？这让李渊开始发慌，甚至恐惧：难道这世界上没有我满意的爱情？显然不可能，哪到底出了什么岔子？我出了什么毛病？最后他似乎明白了：我要改变！对姐姐的不自由和压迫，我要恒久忍耐，对妹妹的放任，我要信任。

可我他妈的做得到吗？他响亮地咒骂了自己一句。做不到哇，那有什么用！我还不如回去当我的花心大萝卜好了，我就适合干那个。我既无法忍耐，也无法信任，我也从来不想改变，不想磨合，可世界上哪有两个从来无须磨合的机件能一起亲密无间地合作运转？李渊竟然是在看电视时，看到一个节目，说轮船发动机制造过程中居然需要打磨掉四吨的料才能磨合运转，当时他就吓坏了！李渊丰富的想象力让他大惊失色！

李渊对我说，当时悟到这个道理时，吓得我面如土色！这就是所谓雕削吗？夫妻要是一辈子都这样，不就是绞肉机吗？还有什么幸福可言？你说，广天，你说说，还有幸福吗？

我说，哪有夫妻不吵架的？你是生活在幻觉里吗？

李渊解释，我说的不是吵架，我说的是雕削，好，没有两人天生就符合对方贴合对方的事，行，那就对付，打磨，重点来了：爱情争吵中老是指责对方，他说她坏，她怨他不好，可爱之初为什么就你好我好你侬我侬呢？

我说，这就说明双方都不是故意使坏的呀，都想好，但重点是，你们是"不同的"，明白吗？

李渊说他明白，不同，可以存异，这一部分没问题，因为唯有婚姻爱情是人类最重要的关系，重要到与任何别的关系不同，是最亲近的，是要天天在一起的，所以有一部分要磨合，就按你的说法，不是坏，只是异，这部分异，必须通过双方改变自己，才能磨合，而且不像发动机一次打磨完成，是要一生打磨才行，那我告诉你，一生光打磨了，你都成了磨刀匠了，你都成了机床铣工了？等你打磨好了，黄花菜都凉了，一辈子也玩完了！

我沉默了一下，道，不能这样说吧，你只管磨你自己那部分，几乎所有人都只要求对方磨好，自己根本不想磨。但世界上从来没有这样的好事，人是有意志的，有性格的，会反抗这种不平等的，这应该是一场公平之战！

李渊长叹！好，你也认了，承认这是一场拉锯战，是战争，不是幸福。

我回答，是战争没错，但这是特殊的战争，只有爱情婚姻这种战争不是一胜一负的，要么双赢，要么双输。

李渊绝望地说，那恕我不奉陪了，我宁愿独自一人，也不做这个科学试验的牺牲品。

我笑道，那你就一个人孤独终老吧。

……之后的一周，李渊快崩溃了。他真的产生了这俩姊妹一个都不想要的想法，不过这就意味着他所谓严肃的爱情彻底失败了！这是令他无比恐惧的，因为他在马红这里尝到了真爱的甘甜，也从马艳那里品尝了爱至巅峰的滋味，要他回到从前的浪荡生活，他想想就绝望，如丧考妣。

这两周，李渊活在惊恐万状之中，马红不断地质疑他和马艳的关系，同时他又害怕马艳再打电话给马红。他停止了和马艳的一切联系，看来相较而言，他还是比较害怕马红的。

幸亏十天过去，马艳再也没联系他。李渊希望马艳那边能尽快冷却，然后他有机会来思考和处理和马红的关系。

就在李渊以为马艳那边尘埃落定时，在一个傍晚，马红正好去舞蹈班给孩子上课。大约九点的时候，李渊突然接到马艳的电话，说她来朝阳找他来了，现在正在马红家楼下。

马红马上就要下课回家了，李渊大惊失色！他迅速狂奔下楼，看见马艳就站在楼道口。马红回家就走这个楼道上楼。

李渊厉声道，你疯了吗？干吗到这儿来？

马艳朝上望了望大楼，说，好怀念啊，久违了，我来这里看过我妈几次。

李渊问你是想干吗？不能在电话里说吗？

马艳看着李渊的眼睛，说出了一段让他魂飞魄散的话：李渊，你支起耳朵听着，我说这话是认真的，我并不是你想象的那样，是个对什么都无所谓的、脑子糊里糊涂的人、没心没肺的人，其实我心里明镜似的，我是被我爹、被我小时候那个混蛋的家庭吓坏了，吓傻了，才变成今天这模样，我喝酒只是逃避，电影里不是经常有这样的人吗？你刚来找我时，我只是想跟你开开玩笑，想偷吃一下姐姐的东西，仅此而已，但后来，我发现你是认真的，我就难受了！我越气你，我自己其实越难受！

李渊震惊了，你，到底想说啥？

我觉得你说的是对的，人不能那样随便！不能那样糟蹋自己。马艳眼含泪光，你的话震醒了我，也救了我，我不想继续过那样的日子了。

李渊更惊慌了，那你到底想干什么呢？

马艳清清楚楚地说，我要上去，找马红，我要光明正大地和她争夺你，把你抢过来！我要把我们的事原原本本全部告诉马红，你不要拦我！

……李渊像一桶水泥浇筑了，杵在那里。不会动了。

马艳说，带我上楼啊，愣在那里干什么？

李渊的脸慢慢涨红，变成了酱肉色。他发疯似的只用一只右手，就挟起马艳整个身体，连拽带拖地冲向自己的车，快速发动汽车，猛地锯开漆黑的暮色！

李渊把车开到潮白河边的一个树林里。他们在那里吵了二十分钟。马艳掏出手机要给马红拨电话，李渊打掉她的手机，把她摁倒在座椅上，咆哮道，你不能那样做！你们这俩坏逼，我一个都不想要！你再拨？我整死你！

马艳继续拨电话，李渊死死地掐住马艳的脖颈，马艳四下乱抓踢打，李渊狂怒到了极点，死活就是不撒手！他发出一声长嘶，在潮白河上传出很远。

……马艳终于不动了。怒目圆睁。连舌头都耷拉出来了。

李渊松手后，呆愣了十分钟。又抽了十分钟的烟。

他把马艳的尸体推下车，移到灌木丛里。想了想不放心，索性一把推入了潮白河。这时他哭了出来。

李渊驾驶汽车迅速离开了现场。他号啕大哭！在仰面长嘶中，李渊像无头苍蝇一样开着车在城里乱窜。他不敢回家。也不敢打任何电话。直到深夜两点钟，他的车跑得快没油了。

李渊终于彻底垮了！他把车开到了派出所，踉踉跄跄地跑进去，对一个值班民警说：我杀人了！

民警吓得立即起立，说，你站着别动！

四

我是刘广天。我曾在看守所亲口问过李渊，为什么要杀了马艳？至于吗？就算这俩女孩都不要你，像你女人缘那么好的，天涯何处无芳草啊？李渊回答说，那你就错了！我过去猎遍美女，不是喜欢美女，恰恰是因为讨厌她们，看不起她们，但这种日子并不好过的，会让你产生一种禽兽感，我是说我自己。我这说法不高尚，只是实事求是。有时我会突然非常悲伤：我他妈的真不是人啊，我他妈的就是禽兽啊！那一刻起，我发誓要重新做人，找一个人好好爱爱。我是发自内心的，因为我发现我自己真的很脏，很脏。

　　……李渊在分局派出所审了三天，又待过了周末两天，周一被送到了第三看守所，这是一家比较高等级的看守所，一间只住了十二人。就有这么巧的，我的发小郭正亮恰好是分局负责李渊这个案子的专案组长，我让郭带我见见李渊，因为我刚登记成为他的刑辩律师。

　　李渊掐死马艳后，把她推下了潮白河。就在那一刻，李渊明确地知道他给自己的生命画上了句号。我却始终认为李渊掐死马艳纯属于"激情犯罪"或说"冲动杀人"，因为李渊没有足够的动机去杀马艳，他只是害怕马艳把他们的事暴露给马红，这叫什么事儿呢？如果这样就要死人，那多少人得死呢？但李渊却始终不回答我的问题，似乎并不否认他有杀人的动机，这让我很为难。他在分局预审时迅速承认了杀死马艳的犯罪事实，但自从进了看守所后，他再也不想说话了，表情木然，一言不发，像死了一样。见到我后，终于哭出来了！但也就只是哭，不配合我的问讯。

　　警察在犯罪现场找到了一些物证，比如拉扯的衣物纤维，李渊的 DNA。但一直没找到马艳的尸体。根据李渊供述，他把马艳的尸体推下了潮白河，于是警察动员当地民警对潮白河进行梳理打捞，持续了三天，却一无所获。就是说，嫌犯已经承认实施了杀人犯罪，但没寻获尸体，甚至没找到马艳的户口。警察问李渊马艳是北京户口吗？李渊表示并不清楚，但他说马艳就住在通州，于是警察让李渊带他们来到了马艳家，警察技术开锁，证实了马艳的存在。他们搜查了一遍，也获得了李渊和马艳同居一个月留下的一些物证。

　　我问李渊，在我印象中你不是那么冲动的人，为什么至于动手了呢？

　　李渊说，我怕马红知道，或者干脆说，我怕的就是马红，我怕死她了。

　　你既然这么害怕马红，你跟她谈什么恋爱呢？我不解了，其次，又为什么非要跟她妹妹再扯上关系呢？天底下的女孩都死光了吗？

李渊说，我当时面临选择，选择就意味着背叛，我不想背叛，宁愿放弃自由？其实我两个都不想要了，因为陷入了一个困境：我发现一人占俩坑是不行的，不管到底爱谁，必须选择一个，舍弃一个，没有十全十美的。我必须得有一个十全十美的爱人来让我爱，才行，后来我发现这个幻想破灭了！

我几乎要笑出来：你是孩子吗？还是白痴？我不相信你说的，这是疯话，极端幼稚！

李渊说不，我真的是这样想的。我震惊地发现，不是她们有了问题，是我自己有了问题，我还是不会谈恋爱，我无法接受马红马艳两个人，又彼此不同到了这个地步，如果我爱了一个，就会失去另一个，会因为爱不到另一个而遗憾终生。

看来你是有毛病。我摇头。

我是有毛病。李渊承认，杀人那天，我已经知道了我的毛病。我现在告诉你原因：这是在我小时候才六七岁时发生的事，我父亲是一个无能的酒鬼，所以他的一生就是个笑话，我们先不说他，而我的母亲却是我见过的最勤劳的人，但也是我见过的因为勤劳而最变态的人，她的力气很大，能揍得我爹像老鼠一样乱窜，一只手能提起一桶水来。她几乎二十四小时都在劳动，撑起这个家，但几乎不和我们说话。我得不到她的任何关怀，她也几乎从来不抱我，连帮我穿衣服时都要从头骂到尾。我非常渴望她能安静下来抱抱我，像别的妈妈一样，和我说说话啥的。为了引起她的注意，我独自一人在野外玩时采了很多花，故意放在她梳头发的桌前，讨好她，她却把我的花直接扔进炉膛。我无法与她接近，又强烈渴盼亲近她，于是我沾染上了一个坏习惯：会偷偷地打开衣橱，闻她的内衣。

　　母亲为此勃然大怒，竟然当众把我像拎小鸡一样拎到厅堂，当着我弟弟妹妹、我爹甚至邻居的面，哈哈大笑把我耻笑了一通，又穷凶极恶地把我屁股打开了花。我爹和弟弟妹妹甚至窗口上偷看的邻居，也望着我不停地笑。这像杀了我一样。

从此以后，我就开始惧怕女人了。但后来我突然在一夜之间不再害怕女人了。因为我在那时有了第一个女人，我却因此开始了我放荡的生活，直到遇上了马红。

听完李渊的叙述，我立刻明白了他过激反应的所有原因。郭正亮没说错，这是一个独一无二的奇特案例。

李渊突然呼吸急促地对我说：广天，我想见马红！我要见马红！

我说，好，你不要着急，我明天就去找她。

我等不到明天了，当场就给马红打了电话，我说了李渊杀马艳的事，马红听后一直没说话。我急了，让马红不要紧张，我晚上会过去，到她家商量怎么应对。马红说她等着我。

当我叩响门环时，没人答应。我很疑惑，打了马红的手机，也没人应答。我有些急了，一把却推开了马红家的门：马红赫然躺在沙发上，吊灯还在摇晃，地上扔着被单卷起来的上吊的绳子。我大惊失色，冲上去抱住马红，她躺在沙发上大口大口地喘气，脖颈上有两道深深的红色勒痕，可能是吊在吊灯上给摔下来了。她大声咳嗽，表情看上去非常痛苦！我大吼：你怎么能做傻事儿？！

我后悔把李渊的事告诉她，至少要等我到她家说才比较好。我倒了水给她喝。马红呻吟道：李渊疯了……李渊疯了……

我说，你先别着急，咱慢慢说。

我打通了郭正亮的手机，他带了两个人迅速赶到了马红家。等马红稍微安定一些后，他问了一些与马艳相关的问题。马红不知是疲倦还是不想说，只说她和妹妹几乎不来往了。对马艳和李渊的事也一无所知。

郭正亮说，可是他和马艳来往，还是刺激了你，否则你怎么会寻死上吊呢？

马红脸色苍白地说，我对他那么好！好心当成驴肝肺！他怎么能这样对我？

案件发生已过了一个月，警方仍未寻获马

艳的尸体。我对郭正亮说，说不定马艳没死呢？说不定李渊是个妄想狂？他其实根本没杀人，李渊最近神神叨叨的，好像不太正常呢。郭正亮对我说，我算给了你一个福利，这是个大案，以后你就知道了。我脑袋蒙蒙地来到看守所，把马红寻死上吊的事告诉李渊，他立即伏在桌上痛哭！我叹道，你瞧你干的是什么事儿啊。

我一直劝说马红去看守所看一眼李渊，郭正亮愿意违反规定给她安排，可她就是推三阻四，实际上郭正亮也是为了观察她与李渊的互动，打开一个破案的缺口。我再一次来到马红家，劝她去看望李渊。我说李渊真爱的不是马艳，是你。马红问，何以见得？证据呢？我说，人都死了！他杀马艳不就是怕你发现吗？为了你他不惜杀了马艳，他不爱你还爱谁呢？他爱你没怕马艳知道，没杀你却杀了她？这还不够明白，不够清楚的吗？他不但爱你，而且为了爱你不惜去杀人，你还这么拎不清吗？只有你能救他，无论从身体，还是从灵魂。

马红怔了一会儿，流下泪来。

马红说，我明天去看他。

李渊住的号室有十二个人，这个待遇原来是省看守所的待遇，普通看守所一间要住三四十人，因为这个看守所临近市中心，分担了部分省看守所的职能，刚好李渊分配进的十号房是关押高级嫌犯的，所以待遇相对好些，不用出去劳动，指拔草。嫌犯们反而因为不能出囚室感觉更不舒服。李渊睡在统铺靠近厕所的最角落，"新人"还要负责擦地扫厕所。号子里除了一个偷枪的武警、两个台湾毒贩、其余全是处级以上的经济犯罪人员。李渊十分用心地把厕所（其实就是一个蹲坑）擦洗得干干净净。一个受贿的"老人"教他怎么擦地：把长裤打湿，像日本女人一样抓住裤子两头跪地拖过来，统铺下面长长的过道，一把就擦干净了。

李渊刚拖完地，就听见看守喊他，说有人来看望他了。他一惊，知道是谁来了。他的心几乎要擂破胸膛。

　　果然是马红。她坐在会议室长桌的另一边，穿着高领毛衣，李渊知道她不想让他看到她脖子上吊的勒痕。李渊坐下后，全身颤抖，低下头，不敢看马红。

　　为什么要离开我？马红问。

　　我没离开你。只是迷了一阵路。

　　为什么干这傻事儿？

　　你为什么会有一个这样的妹妹？

　　马红长叹一声。

　　我就是为了不离开你，才这么做的。

　　瞧你说的。马红目光如炬地盯着他，合着是为了我了？现在你为啥想见我？我们还有可能吗？要我原谅你，只有一个条件，也是你最后的机会，我希望你说实话，其实现在，你还有选择机会，我给你这个机会，你是选择我，还是马艳？

　　李渊喃喃地说，她已经死了。

　　马红说，我说的是心里，你到底想选择谁？选择我，我就原谅你。选择马艳，我就不原谅你。你找马艳去。下地狱找她原谅去！

你要我说实话吗？李渊抬头问。

马红轻蔑地笑了，死到临头，还不想说实话？

李渊也长叹一口，说实话，马红，我到现在是真的糊涂了，我一锅粥了，不知道选择谁……因为死人了！有人死了，我更不能乱说了，我被你们俩彻底整懵了。

马红说，我明白你意思了。那我，不会原谅你了。

李渊有些激动地说，我是说我不敢选择了，我也不会选了，我都完蛋了选还有什么意义？你们都很好，是我不好，问题不在你们，问题出在我，马红我也不满意，马艳我也不满意，你，我不满足，她，我也不满足，我现在连自己到底要什么都稀里糊涂了！我根本不值得你和马艳爱，我就是个花花公子，是个流氓，是个渣！

马红听着，眼睛里泪光闪现。

你别这样作践自己，你也不是这样的。马红掏出纸巾给他擦泪。我不原谅你，不意味着我不能帮你，你在这里有什么需要，我能做的尽量会做到。

李渊突然高声说，你要帮我，把我弄出去！我还不想死！我是冲动犯罪，我没有杀人动机！

马红愣了一下，看着他，说，行，我帮你吧。我也不想你死，我们的事儿还没完呢，你死了，我找谁掰扯去？

实际上李渊的担忧有些过头了，因为没找到马艳的尸体，所以郭正亮他们连公安侦察这一关都没法过，更不用说上送检察院呢。所以我这个辩护律师实际上也只是预备中而不是正式的，郭正亮为了让我方便见李渊而提前登记出来的身份。我在家里把整个案情的线索理了一遍，做好了笔记，准备睡觉时，突然接到了一个电话，手机号是陌生的，一接，竟然是马红的声音。我问她这么晚了打电话是发生了什么事。对方说，我不是马红。

我立刻就僵在那里。我问，那，那你是谁？

她没吱声……那一刻我仿佛见到一只鬼从浓雾中渐渐显现一样，脑壳好像要爆裂。

我是马艳。她说。

我的心脏立刻沉降到地板上！那一刻仿佛骤至的濒死体验，让我根本说不出话来。

你不要紧张，我没有死。马艳说，我现在回到了我通州家里，我，需要你赶紧过来，我给你位置。不要报警。

……我心惊肉跳地开车，疯狂驰到马艳的楼下。上楼时我想了想如何对付灵异的事，纯粹属于白想，真要是灵异阿飘，是什么办法也无法奏效的。我站在楼道上，马上要打通郭正亮电话，又按下了，很想自己先看一看究竟。走到马艳家门口，我又害怕了，还是给郭正亮发了一条微信：我在马艳家，她没死，速来！

我叩响了马艳的门。门开了，马艳站在那里。除了发型不同，这对双胞胎很像。当然，马艳手上多了纹青。

……喝茶的时候，我看到了马艳脖子上的掐痕。马艳说，她从潮白河里被水呛醒了，并没有断气，反而在水里被呛了才醒转过来。她害怕得一个人跑出很远。一度想报警，但她不相信李渊是真的想杀她。于是她跑到一个闺蜜家里住了，谎称被流氓追赶。一直住到今天。

我听后怔了半天。马艳几句话就把原委说清楚了。我问，为什么突然回家？而且打电话找我？

马艳说，我听到李渊进看守所的消息了。我不想让他承受不该有的惩罚。他是掐了我，但我没有死。他也不是蓄意的。

……郭正亮带着三个干警很快就到了。马艳把跟我说的话又对警察说了一遍。马艳问郭正亮，我现在不想为难他了，我都不计较了，现在李渊可以放出来了吧？

郭正亮笑了，你想得美！这不是你计较不计较的问题，杀人是公诉罪，撤不了的，他杀你，这是事实吧？最少也是杀人未遂！麻烦着呢！他完了！

我对马艳说，你先去看看他吧，如果起诉，到时候希望你到庭作证来帮他。

　　于是在我的安排下，马红和马艳分别都去
看守所看过他们，而且不止一次，我把她们的
探视安排挨个交替进行。因为马艳的出现，让
郭正亮很快就侦察终结了，因为事实终于清
楚：杀人未遂。马艳挺身而出本想帮李渊的忙，
结果帮了倒忙，证据反而因此清晰，作结上送
检察院了。要不然被害人一直没找到，你能拿
李渊怎么办？当然啦，马艳没死，也不可能一
辈子不出现吧。马红听到马艳没死的消息，在
电话另一头哭泣起来。我想：她一定是百感交
集吧。

　　……马红和马艳隔两天交叉来看望李渊。
我都在场，就是找个合法一些的理由。李渊见
到马艳时失声痛哭！马艳难得鼻酸了，说，哭
什么？我不是没死吗？她居然跟她姐姐说一样
的话问他：你现在还有选择的机会，你到底要
选谁？我，还是我姐？你要是选择我，我还是
可以原谅你的，到时我还可以上庭为你作证。
你如果选择马红，那就对不起了！我不会原

谅你。

我不奢求你原谅。时至今日，我要说实话，我是真糊涂了！我不知道要选择你们中的哪一个，或者我才是没选择权的那一个，我根本不配，问题不在你们，在我！我才出了问题！你们都没错，马红爱我，你给我自由，是我贪心不足蛇吞象，世界上没有十全十美的事，这几天在看守所我想了很多，是我太贪婪了！太无耻了！可是，我真的、真的、真的……他用了三个"真的"来加强语气：真的不明白，我到底要什么？对爱这件事，我根本没搞清楚，我完全不懂，彻底无能。所以，我没法选。再说，我是不死也要把牢底坐穿的人，谈选择还有什么意义呢？你们姐妹俩都要我选，真奇了怪了，这到底是咋回事儿呢？但是马艳，念我们有过一场，你还不如想办法帮帮我吧。

我这不是已经帮你了吗？！马艳突然厉声喝道，猛拍了一下桌子。

……马艳离开后，我对李渊说，你他妈的杀了人还让人来帮你？难怪把人气得！但从你的出路看，你恐怕还得选，这种选择还是有意义的，对审判有好处，这两个女人，你不能全得罪了，你必须至少选择一个，即使得罪了另一个，这个至少还能帮你忙，你如果决定选择，我建议你选择马艳。

李渊突然心不在焉地问我：广天，我有一个哲学问题，想问你，是自由好？还是约束好？我一听就愣了，到这种时候他竟然还有心思想这个？我说，你，选择马艳好。等审判过了，你选择谁我都不管你了。李渊睁着黑洞洞的眼睛，说，我两个都要，两个都怕，因为要了一个，另一个就会来追杀我，我怕是难逃劫数了。我觉得李渊这是在看守所待糊涂了，脑子兴许出了什么毛病。我根本没法选择，对马红，我是背叛者；对马艳，我是杀人犯。我说，唉，瞧把你折腾得……我以前一直以为你是个没心没肺的花花公子，没料到你骨子里是个为难自己的思想家！马红，马艳，她们要能合成一个人就好了！李渊突然诡异地用手指头指着我，奇怪地微笑起来：你，幼稚了，很幼稚……特别幼稚，无脑，因为我也想过这个问题，你知道为什么现在我在这个问题上永远过不去吗？是我固执？是我矫情？还是我书生意气？还是我一根筋？走火入魔？不，不，不，非也！

我看着李渊的表情慢慢走向怪异，越来越担心，他好像真的精神出问题了。

李渊突然站起来，像演讲一样提高声音：非也！这是一个严重的问题！否则，为什么人世间芸芸众生，这么多婚姻失败？崩溃？分离？是当初没说好？山盟海誓，非常严肃啊，怎么后来就不管用了？先前不是好好的吗？不诚挚吗？连为对方死都愿意，为什么后来撕咬如仇敌？是哪里出了岔子？我现在终于捕捉到了：就在这里，既要……又要……可哪个爱人能这样，既能满足你这个又能满足你那个，全方位无死角？根本不能！你会问，那你为什么就不能宽容一些？大度一些，就像蛋糕，你只分到了一半，失去了另一半，就不能满足吗？我告诉你广天，分蛋糕可以，婚姻不能！因为人人都想在婚姻中当上帝的，这是人的病！治不好的绝症！一定会发作的，到时候你就会以上帝的姿态来要求对方，要求对方像上帝一样完美！自己却像臭狗屎一样垃圾，但永远不闻其臭！我根本没信心做到你说的宽容！我看透了，不能！马红马艳也做不到！你放眼看看，人世间有几个做到了？没有，有的城市离婚率快一半了，说明什么？说明我的问题对症了！

我被李渊这一通胡言乱语吓住了。

李渊说，广天，理解我为什么为难了吗？我不是流氓，我只是想得深，我是真正想严肃认真地和她们谈谈恋爱的。我只是遭遇到可耻的失败而已！

他最后说，看来，只有我去死了，我消失了，才能解决她们俩的问题。

李渊付诸实施。他也用被单结成绳，半夜把自己挂在窗台栏杆上，因为痛苦挣扎，把别人惊醒了。大家把他救了下来。清晨，郭正亮电话我赶紧来看守所，他要提审李渊，我必须在场。我不知道李渊的死活，说，你们不是应该先处理他自杀的事吗？郭正亮骂道，想来就来，不想来就滚。我说当然要来，要来。

李渊并没有大碍，连监狱医院都不必去，在卫生室涂了涂碘酒就好了。我见到他的时候，看到了他脖子上的勒痕，开了句玩笑：现在你跟她们姐妹俩一样了，脖子上都有勋章了。李渊看了我一眼，竟然毫无反应。他精神真的出问题了。

接着郭正亮开始提审李渊。他展开一叠卷宗。可李渊连看都不看他，目光朝向窗外，好像我和郭正亮都不存在一样。

郭正亮说，李渊，接下来我说的这一段话很重要，你要有思想准备，可能会颠覆你的认知，你扶好桌子，认真听着，不要打断我，让我说完。严格说来，今天我不是来提审你，而是告知你，并且来验证一个事实。

李渊的目光慢慢转回来，盯着郭正亮。我也看他，郭正亮这是要干吗呢。

郭正亮一字一句地说：你杀的人，不叫马艳，也不叫马红，其实我们早就发现我们找不到那个你说的叫马艳的人，不但她的尸体找不到，人也找不到，甚至连她的户籍也找不到，也没有叫马红的人，这个人也是不存在的，我们传唤马红时她总是以与本案无关为由拒绝我们，后来我们寻找马红的户籍，发现也没有所谓叫马红的人。

李渊愣住了。我一怔，说，那，他遇上的是什么？是鬼吗？

郭正亮说，既没有马艳，也没有马红，李渊，你自始至终只跟一个人交往过，这个人不叫马红，也不叫马艳，而是叫马红艳，就是说，你遇上的双胞胎姐妹，实际是一个人，是同一个人。你的女友叫马红艳，这是连你也不知道的秘密，我估计你从来没看她的身份证。也就是说，马红艳用了两个身份在和你交往，目前我们尚不明了她这样做的动机是为何，但事实如此，证据确凿。

李渊身体筛糠般地颤抖起来，只好双手扶住桌子。

我说，老郭，你是在开玩笑吧？你在吓唬

谁呢？

郭正亮严肃地说，据我们调查，马红艳的父母确实离婚了，母亲死后，她住在朝阳她母亲的旧房子里，周末回到通州她父亲留给她的房子过周末，也利用周末帮人遛狗看孩子照顾老人，赚一份外快。所以，你在朝阳家里相处的马红是马红艳，你在通州相处的马艳也是马红艳。她一个人扮了两个角色，故意在你面前装成了两个人，分别和你交往。

李渊把头伏在桌上，一言不发。

我已经吓得不敢说话了。

我们也是第一次碰上这样的案子，刚开始也不相信。郭正亮抖动卷宗，但后来我们发现，马红艳这样做的可行性并不难，甚至非常简单，她手中所谓马艳的手机其实是她自己的另一个手机号，你联系马艳实际就等于联系她而已，她就以马艳的身份与你联系和交往。她只改变自己的化妆、发型和穿着，手上的刺青是贴上去的，马红和马艳不同的生活方式也是故意做出来给你看的，时间转换上也完全能做到严丝合缝。目前我们尚未弄明白马红艳这样做的动机，但她并没有因此导致犯罪，所以我们也无法追究她的责任，但她现在至少承认了马艳也是她，她就与案情相关了，我们就能传唤她并搞清楚这个动机了。犯罪的不是她，还是你。

马红艳脖子上所谓上吊的勒痕，主要来自你手掐的伤痕。她从犯罪现场逃离后迅速回到了朝阳的家，并制造了上吊的假象来混淆身份。当她来探望你时，你请求她帮你脱罪，她答应了，她的方法就是让马艳重新活过来，并赦免你。所以，李渊，你现在仍然是杀人未遂罪，只不过你杀的被害人叫马红艳。这个突发事件并没有改变这一基本事实，我建议你好好交代，和盘托出，让案子尽快结案。

听完这段话，我已经肝胆俱裂了。

接下来发生的事走向诡异：李渊可能是受惊过度，他的嘴紧紧闭上了，再也不说话了。效果适得其反，让郭正亮大失所望。

我去找了马红，不，马红艳，她却陷入了

痛苦，求我一定要救救李渊。我看着这个奇怪的女人，甚至都不想问她为什么要做这么奇怪的事，这样来折磨我那个风流倜傥实则脆弱不堪的老同学。我对马红艳说，你做的事自己兜着吧，这事情太灵异，我解决不了。马红艳说，你就跟郭警督说，都是我不好，是我这样做刺激了李渊，才导致他出轨并且动了杀人之心，而我这样做也有我的原因，我的苦衷！我会一五一十地告诉警察。我害了李渊，可我也是被人害的。我听了没好气地说，第一，李渊没有出轨！他出什么轨？他出的哪门子的轨？出来出去不还是你吗？！第二，我干吗要成为你的传声筒？你不是认识郭正亮吗？你自己跟他说去！

　　……我冷了马红艳好几天，这个案子我也真是不知道怎么辩护下去了。四天后郭正亮打我手机，告诉我一个震惊的消息：马红艳举报了她自己的父亲马明光，检举了当年马明光杀害她母亲的犯罪事实，称马明光逼迫女儿保守秘密十几年，严重损害了马红艳的身心健康，导致马红艳人格分裂，从而欺骗李渊，致其犯罪。马红艳说她患有精神病上的"双重人格"。现在，她父亲已被羁押，就关在和李渊同一个看守所。

我立即赶往马红艳家里，我一直不知道她的父亲居然还活着。马红艳说，他一直活着，我要说清楚我自己的事，来救出李渊，就一定要先说出他的事，是他杀了我妈，也害了我，我才患上了双重人格症的。我说，你不怕你爹被抓进去吗？马红艳说，我希望他越早进去越好，但我被他困住了，一直守着这个秘密，现在终于到时候了，不过我还是算过时间的，我以为过了追诉期了。我叹，杀人是公诉罪现在早已没有追诉期了，你不知道吗？马红艳眼含泪光，说，这老混蛋也该受受苦了！

得，你也为他当律师吧。公安局一定要家属指定律师，他只有我一个家属了。马红艳最后道。

我说，举报人替嫌犯请律师，你们家这够乱的。

五

　　马红艳的父亲马明光和李渊关在同一个看守所，而且还是隔壁囚室，这是出于郭正亮的安排。除了每天固定有半个小时的放风时间他们能碰面，最近还有每天下午两小时的室外拔草的机会，这种透气的待遇本来是轮流来的，但李渊和马明光却每天都能出来拔草。这也是郭正亮的安排。李渊用了一个星期来接近马明光，直到马明光彻底相信了他是女儿的男友，了解了他的目的，但他仍然不愿意对女儿的事多说什么。直到有一天下午，李渊说，马红艳告诉我她这么做是因为得了一种叫"双重人格"的精神病，可是我查了，双重人格不像马红艳这样似的，双重人格是自己无法控制角色转换，是说来就来的。这时，马明光抬头了，看着李渊说：她没这毛病，但她确实是以两个人的身份活着的，我被她骗了七八年，她一会儿是我女儿，一会儿是女儿的闺蜜，女儿对我很客气，闺蜜代她训斥我无德，后来我才知道，这全是她一个人演的。她就是爱演。但我要说的是，既然我今天已经进来了，我就把过去所有的恩怨一五一十地倒给你，你有机会转告她，我认罪了！错全在我，责任全我一个人担，我不配做父亲，我就是个人渣！我老了，我们的恩怨也该结束了。

接下来的半个月，利用每天下午拔草的机会，马明光向李渊吐露了他隐藏许久的秘密。

他对李渊说：自从她母亲死后，马红艳就开始和人斗狠，她没有举报我杀了她母亲，我还以为是父女的感情让她这样做，殊不知是她精心安排好的漫长的复仇计划的开始。表面上她是一个容忍和原谅了父亲的女儿，实际上是一个复仇女神。复仇女神是由她的闺蜜扮演的。导致女儿所谓双重人格的发作，是因为我杀了她母亲，即使我当时是冲动杀人，但我丝毫没有逃避责任，是马红艳没有报警。当时女儿看到我把她妈推下楼时，她被恐怖的场面吓得不敢吱声。此后她带着这种压抑长大。我无法向她解释我为什么会这么做，我是一时按捺不住恐惧，因为她妈要把我的丑事拿到我当副院长的医院去说，让我身败名裂。当时我正考核升任正院长，我不能让她这么做。一时冲动，就在马红艳的眼皮底下把她妈从阳台上推下去了。

我为什么会做出丑事？因为她妈从来没爱过我。可我能向女儿解释吗？她才十三岁。

我走到这一步太不容易了，当上三甲医院的院长是小时候的我不敢想象的。我父母双全，但相当于孤儿，我父亲酗酒，一直在外面跟女人鬼混，根本不顾家，也不管我，我到底上几年级他都要想半天才想得起来。每个月我去管他要生活费，他基本不给，有时会给上一点，我马上揣了狂奔粮站去买米，先保住有饭吃，我妈不得不忙完地里的又去帮人洗衣服，困难时甚至卖过血补贴家用。十六岁我考上了西北航空大学，因为肝炎休学一年，一年后我要复学，我爸却不让了，他不想再负担我的学费，说怕我肝炎再发会浪费钱，我居然就这样辍学了，回林场扛木头。我恨死了父亲，于是一直想出人头地。我干过中医学徒，放过木排，去城里收过粪便。我发誓要重新考上大学，结果我靠自学，重新考上了医学院的研究生。在此之前，我靠自学在家作试验，制造成功了无毒洗衣粉等等，取得了十几个专利。

我妈也不怎么爱我，主要是她太忙了，不想跟我搭话，这个可怜人是累死的。有一次去卖血，抽完血，走着走着就一头栽倒在地，人就这样没了。我从小就没被爱过，也就不会爱人了！我只好跟我父亲过，小小年纪就要做饭给父亲和她姘头吃，他们却动辄打骂我，说我是吃闲饭的。所以，我一直想出人头地，证明自己，给父亲看，让他后悔！

父亲最后死于一场车祸，这是他的报应。通知我时，我正参加大学毕业典礼。父亲没来，他喝瘫了，横闯公路被车撞了，车辆肇事逃逸，我父亲恰好被我一个亲戚看到，通知了我。我赶到现场时，父亲还没咽气，半个脑袋血肉模糊，盯着我，呼唤我的名字，要我救他。我就坐着看着他，让他慢慢死去，我是医学生，摸摸他的脉搏不跳了，随后才拨通了110。我一度内心自责，但随即又轻松自在了，我的理由是：我没杀他，我和他只是路人，路人怎么会帮助他呢？他死，是咎由自取，跟我无关。

我是省里最年轻的副主任医师。这时我遇上了马红艳她妈，她是杂技团演员，我们是在养老院的一次义演现场认识的，当时她们杂技团日薄西山，想调到我们医院工作。我说你只会翻筋斗怎么在医院工作呢？工作没换成，一来二去我们谈上了恋爱，她因为傍上了我这个主任大夫刚开始很高兴，我们相处也不错。可是很快就显出了不和谐，我整天都很忙，她却几乎不用上班，闲得无聊，说我不爱她。老实说，我根本不知道爱是什么，从小到大我就没见过爱这个劳什子，生活已经够艰难了，我以为只要赚足工资和奖金就行了。结果她很不满足，开始天天唉声叹气，不断抱怨我没有爱，也没有情趣。她的话好像是提醒了我似的：我马上发现我其实根本不爱这个女的，她只不过长得比较漂亮而已，除此一无是处！现在我连喜欢她都说不上了，当然现在我知道了，我这个人确实不会爱人，我没有这种感情！我的父亲没给过我，也没教过我。老婆越来越抱怨，我就越来越讨厌她。结果她开始有家不回……我迟钝到半年后才发现，她早就和她们杂技团的副团长勾搭上了，当的还是第三者。我曾作过多次努力，想让她回头。但她不肯。后来我决定报复，我也发展到经常不回家，就住在办公室，女儿来看我，有时住在办公室，她就污蔑我和女儿关系暧昧，当然主要还是污蔑我和护士搞男女关系，竟然要去医院告我！我们大吵起来，一冲动，我就把她推下去了。但女儿没告发我。这事就以自杀结案了。

　　……李渊听完马明光的叙述，一时不知道怎么说才好。他写信托我带给马红艳，把她父亲的话简要重复了一遍，说，你为什么要瞒着我？为什么你从来没有对我说过这些？甚至说你父亲已经死了。马红艳终于回信了，她信中的几句话，几乎把李渊震晕过去！

　　她写道：……这个男的在说谎！他是个骗子！他并不是因为我妈要揭发他搞外遇而杀了我妈，而是因为我妈要把一个惊天秘密公之于众，他才残忍地把我妈推下阳台。这个秘密就是：我爸自从我妈和杂技团长好上后，他就开始骚扰我，我那时还那么小。

　　从那天开始，他就格外地对我好，我非常紧张，非常害怕！我不但怕他，还怕我妈骂我，因为他故意在我妈面前对我好，亲热地抱我，亲我。刚开始仅仅是要和我妈争夺我，以此来气她。然后，他开始明目张胆地对我亲昵。我妈气得发疯，要跟他离婚，可他就是不离，拖着我妈，折磨她。直到他侵犯我被我妈发现了。她威胁要公开我爸的事，逼他离婚。我爸害怕，同意了。于是，我跟母亲迅速搬离了通州的公寓，搬到了杂技团宿舍住，就是我们现在住的这套房子。

　　……直至今天，我都没有完全明白父亲为什么要对亲女儿下这样的毒手？因为他也不完全算是一个淫棍惯犯，更像是一个怪咖和魔鬼。

我能理解我妈不爱他。我对他也恐惧到了极点，直到我十八岁生日那一天，我才蜕变成真正的我，开始反抗。他说他折磨我，竟然是为了向母亲复仇，你说这是哪门子魔鬼道理、歪理邪说？这是我后来怒斥他并问他为什么要这样对我时，他亲口告诉我的。我为什么要成为父母仇恨的牺牲品？这个男人不是人，连魔鬼都算不上，他就是一只不明不白的妖，妖怪！他不配在这世上活着！他死有余辜！我没让他这么快死，我没举报他，就是为了折磨他！现在，他可以死了！你要是方便，替我在里面干掉他这个王八犊子！

李渊本来读到全身颤抖，恨不得立即冲过去掐死马明光，但信末马红艳话风突变，让他不寒而栗！他觉得气氛突然变得诡异……当他把以上的事实转述给我说，看着我说，广天，这是怎么啦？我是遇上了鬼了吗？这一家子？是什么物种？他们到底是谁？为什么是我？为什么挑选我进入这个家庭？或许我只是在做梦？做噩梦？

我说，这不是梦，这是活生生的事实。我是律师，见过太多不可思议的事情。这事并不独特，只是恶心罢了。没有爱，就什么事情都有可能发生。这样看，马红艳为什么会那样对你，至少我们明白一半以上的原因了。

自从马红艳一人扮两角的事被李渊得知后，她就再也不敢去看望李渊，甚至整整一周时间把自己锁在屋子里。我怕她想不开，于是带了酒菜去探她，和她喝到半夜。她告诉我，马明光就选择对他有利的说，以下是从她的角度，披露出的事情的另一面。我想，兼听则明吧，有利于还原真相。我决定把马红艳说的，也转告给李渊。

马红艳说……我对李渊做的所有事，我都认，我承担下来。我知道我的性格坏掉了，让李渊受苦了，这都是马明光害的，我被他毁了！这是禽兽父亲！我确实在复仇，我逼这个禽兽父亲跟我签了一个合同，折磨了他十几年，因此得到一种复仇快感，导致我心理畸形了，变成了一个两面人：一个是他的女儿，一个是替我仗义执言的我的闺蜜，为了我的权益跟他干仗，打了他十几年，前两年他才知道那个闺蜜也是我。后来我又以两个人格和李渊交往，却不是为了复仇，而是习惯，我非常害怕得不到李渊的爱、得不全李渊的爱，我没信心完整地和他交往，总觉得自己有哪一面惹他不喜欢，我也真的不知道他到底喜欢什么样的女孩。于是我只好分裂成两个反差很大甚至完全不同的人，好像只有这样才能抓得住他。当然，现在我失败了。

说回我爹，这是个怪人，万人里挑不出一个，绝顶聪明，却是个怪胎。他说他是被他爹害成这样的，我信，但不原谅他！他这一辈子极端自私，眼里根本没有我和我妈，他除了医术精湛，还会发明各种各样的东西，尤其是化工方面的，他在宿舍一楼后院围了个工棚，天天执迷于研究和发明各种东西，光洗衣粉就发明了十几种，卖了十几个专利，可我和我妈没见过他卖专利的一分钱，他全部投入到扩大研究和发明中去了，说白了就是完全不管我们的生活，我妈连换条裙子他都舍不得，当然就留不住她了，当然要偷人了！她根本不爱他了嘛。

但我要公平来谈论这俩货，我妈也不是啥好人！我对妈也很无奈！这也是我不愿意把过错全归于父亲的原因，这个好吃懒做的前杂技演员也不是什么好鸟！老公忙得要死，她闲在家却天天只喊寂寞！我爹当然也不怎地，但是她先出的轨！对，是我妈先出的轨。我爹一直忍着，想她能回头，但女人一旦出轨是很难回头的，于是我父亲开始担心连女儿哪一天也会被拐跑了，便开始抓住我。刚开始马明光并没有侵犯我，他只是怕我跑了。

说回我母亲。我妈的身世比我父亲还不如，父亲是他爹不管他不爱他。我妈干脆是个孤儿，福利院长大的，父母双双死于车祸时她才五岁多一点。孤独一人，无依无靠，在孤儿院是孩子头，爬树掏鸟是一把好手，因为身体柔韧性极好，不到十岁就被照顾招进杂技班，很快成为尖子。她人长得很漂亮，你们说我很

美，可我不及她一半好不好。但她亏在受教育
不够，老是在人生选择上犯迷糊，很轻信，意
志又薄弱，跟了我爹后以为嫁了个医科高才生
和名医，从此可以吃香喝辣，结果碰上了我爹
这个怪咖，根本不会哄女人，也不会爱女人，
她立即就变得极度烦躁，野性就爆发了。

　　接下来发生的事令人非常羞耻，我难以
启齿，就简单带过吧：我妈后来靠威胁马明光
就可以拿到他的钱了，但她也不想离婚了，因
为她要把他的钱榨光，我妈竟然因为这个目的
出卖了我，一直压着我被马明光奸污的事不报
警了，甚至还跟我说"家丑不可外扬"，否则
我和她都会失去经济来源，让我忍受几年后就
搬出去住！这就是我的亲娘！我永远不会原谅
她！后来她年老色衰，被那个团长抛弃了，失
去了依靠，就威胁马明光把钱统统拿出来，马
明光拒绝了，她就威胁报警，抖出父亲和我的
事，两人发生冲突，马明光就一下把她从阳台
推下去，我妈就死翘翘了。这都叫什么事儿啊，

这是一个什么家庭哪！我连回忆它都想呕吐！

　　……但我知道，我也被污染了！我妈死后，我一边长大，一边学着我妈那样如何计算马明光。到了他退休那年，我觉得机会来了，马明光退休后像打蔫了的茄子，须发全白，有一天晚上操起拖把狠狠地揍了他一顿，说我要搬出去了！我威胁要报警，把他杀害我妈的事告发出去。他竟然哭了！他老了，弱小了。我逼他订了一个合同，开始折磨他。这个合同不是小孩过家家那样似的，是我找人写：合同中要求他每年要给我五十万元人民币。这老狗一边流泪一边把合同签了。好几年后我才弄清楚这种合同因为内容触法是没有法律效应的，不知道这老家伙为什么装作不知。每年按时交纳五十万元给我，这就是我不缺钱的原因。但他退休后靠工资根本凑不上这么多钱，于是开启了他的悲惨人生：他被逼无奈在退休后自己开了一个性病诊所，一直工作，他的身体越来越差，身上有七八种慢性病，什么肺气肿，高血压，糖尿病，还因为并发症割掉了脚趾头，拄着拐棍坚持上班，一直工作到七十多岁，直到我这回把他弄进监狱之前他还在工作。

有时我生出恻隐之心，但很快就坦然了，我知道这老家伙对合同没有法律效应的事装作不知道，只是为了赎罪罢了！既然他心知肚明，那就说明我做得并不过分！他在我身体上做的是禽兽不如的事！不过我开始以温和的姿态与他来往，慢慢地重新变回像一个女儿一样，好像已经原谅他了一样，逢年过节还会和他一起吃个饭。但那另一个我，就是"我的闺蜜"，却经常警告他，教训他，咒骂他，威胁他。这老家伙居然信以为真。直到最近才知道这两个人其实就是我一个人而已。是的，我变异成了两个人。

……我最痛苦最后悔的是：我在李渊面前，也变成了两个人。我是不愿意这样做的，我是爱他的呀，怎么可能欺骗他呢？我爱还来不及呢。但我知道我这个人不正常了，被我这一对爹妈毁掉！养残了，教坏了！我已经不会用正常女孩的思维过日子了。我不敢谈恋爱，不敢接触男人，我一碰男人全身就僵硬，直到遇上李渊。他跟所有男人都不一样，看上去非常有经验，他有办法让我不紧张，但又不像个花花公子，反而目光清澈明亮，饱含深情！这多奇怪啊，怎么会有这种男人呢？我当然就疯狂地爱上了他！这一年多是我最幸福的时光！我觉得我黑暗的过去全部被李渊揭开丢弃了！就像火车经过冗长黑暗的隧道，突然冲入光明的未来！

但很快地，我又开始恐慌了：我全心全意、尽力尽性地爱李渊，可能正因为太用力，好像吓着了他，我们开始出现了裂痕！我很惊恐会失去他！害怕到如丧考妣！末日将至！我只好故伎重演，开始在他面前构建两个女孩，就像在我爹面前一样：一个是我马红，一个是我妹妹马艳。不，错了！实际上我不是后来才建立两个人的，是一开始就以两个人来面对李渊的：因为我根本没信心去得到眼前这个完美男子：挺拔英俊又多情真挚。所以我先出示"第一个人"，叫马红。另一个我先藏在后面，叫马艳。如果马红失败了，还能有马艳替上。我不像普通姑娘，我不正常啊，我知道自己不正常，根本没有信心，从小就没得到过爱，急切地需要异性的爱，能建立一个自己的小家庭。我几乎快实验成功了！

最后，我失败了！遭遇了可耻的失败！对，很可耻。

当我向李渊详细转述马红艳的遭遇之后，仿佛点着了一个火药桶。李渊在一次放风拔草的时候，把马明光叫到仓库后面，猛揍了一顿，当场打断了他三根肋骨，并造成气胸。马明光被送到监狱医院治疗，通知唯一的家属马红艳前来医院护理，遭到马红艳的拒绝。郭正亮竟然脑洞大开，勒令李渊将功补过，去监狱医院护理马明光。李渊问马明光，你怎么不去死呢？马明光气息奄奄地说，你为什么不干脆打死我呢？我也不想活了！

我在医院与马明光会面，商量辩护的事情。马明光求我一定要帮他辩护好，争取宽大处理。

李渊讽刺地问，你还有脸出去见马红艳？马明光说，我不能待在这里，我还要出去挣钱，我还没有还完我女儿的钱。我叹了一口气：既知今日何必当初呢！李渊不吱声了。在我离开时，李渊说，其实我不恨他，我知道他在赎罪，我是替马红艳出一口气。我说，你还是多想想你自己的事吧。

……马明光在住院四天后病情突然转为危重，气胸并发心脏衰竭，原来是癌症末期的恶液质病征。医生发了病危通知书，准许李渊给马红艳打电话，让她赶紧到医院来见最后一面。我赶到马红艳楼下，要载她进医院，她说她正在教孩子们武术，要等到下午下班。我等到五点半才赶去接她。马红艳看上去一点也不着急，慢吞吞地下楼来，这我也理解，但马明光毕竟快死了，我催她利索点，她说她总要化个淡妆吧！

我们赶到医院时，马红艳突然说肚子疼，要先在楼下花坛边坐一阵子。我意识到她是故意的了，就不说什么了，陪她坐着，说，你要聊什么，聊多久都可以。马红艳说，你知道吗？我用合同把老家伙整整折磨了十几年，他忍了十几年，以为自己在赎罪，可是我告诉你，什么用也没有！到现在，我照样恨他！一点也没原谅他！我说，时间那么久了，就让它过去吧，你还能一辈子支棱着不成？马红艳说，但每年过年我还是跟他过的，我只是想提醒他，我还在盯着你呢。有一年除夕老家伙当着我的面哭得稀里哗啦！我却丝毫没被打动，只觉得好笑。但我经常去我妈墓前，我妈也是不负责任的坏蛋，但她至少没故意伤害我，她主要伤害她自己。我在她墓前唠嗑，主要唠的是老家伙，我说我正折磨着这老狗呢！我要像一盆炭火一样一辈子都顶在他头上，让他生不如死，因为我一直以为复仇是对我最大的公平、补偿和疗救。直到遇上李渊，和李渊恋爱失败，我才渐渐明白：这复仇对我根本没用，没有任何疗愈作用，就像老家伙给我钱来赎罪一样，对他也没用，统统都是无用！我不会恋爱了，我已经不行了，我已经生病了，我不会爱了，也不会被爱了!

我说,那你现在为什么不上楼?他恐怕现在正在苟延,随时都能断气。因为李渊给我打手机,说马明光正在抢救。

不,我不上去!马红艳生硬地说,她的脸涨得通红:我还是不知道该怎么面对他!我该哭吗?我哭不出来!我该悲伤吗?我也没有,非常尴尬!不行,我不能上去。

我为什么要在李渊面前分成两个人?因为我没有信心啊!我的信心被这老王八蛋彻底摧毁了!我现在变得要么根本恐惧恋爱,要么抓着李渊不放,直到把他吓跑!都是这老王八犊子害的!

你一直在说我我我,从来没说说你觉得李渊如何?我问,如果马明光害你,那李渊就在救你,你为什么不体谅一下他?不那样地逼他呢?

李渊驾驭不了我。马红艳望向天空。他还是个孩子,没能力帮我这个老灵魂!他既还没习惯约束,也还没习惯自由,他还是懵懂小孩，还没有长成身量，无论是马红还是马艳，他都应付不了。在这之前，我永远是分裂的。哪天他自己完成了这个过程，能把这对孪生姐妹合一了，就能轻松驾驭我了。他的完全之日，就是我的完整之时！可我等不及了！我没那个命！我很累了！天上再见吧。

……直到马明光断气二十分钟后，马红艳才姗姗来迟，到太平间坐到了马明光的面前。当她望着那个因癌症瘦成一把柴火的老男人时，李渊和我都注意地观察马红艳的表情，但她仍旧没有任何表情。李渊问，你是故意等他断气才上来，是吗？马红艳说，那又怎么样？李渊说，我还没问你呢，你们家的事，为什么要连累到我身上？你为什么要扮成马红和马艳？很好玩吗？马红艳回答，如果你要和我发生关系，就不只是我们家的事了。李渊痛苦地说，你折磨完他还不够，还要折磨我吗？马红艳说，是，要跟我好，就必须得过这一关，我不是在玩你，是我自己困惑，我们这婚姻如果要过下去，那怎么样才能不像我爹妈那样，过

得那么狰狞？我不过是害怕而已，不得不变成
两个人：一个去竭力争取，做到最好，处处努
力也处处要求对方努力；另一个是放任不管，
给对方最大自由，自己也不管，随波逐流，我
倒要看看这两种方法到底哪种会成功！李渊喊
道：你他妈的是什么怪咖？这还能做实验的
吗？！马红艳说，结果是，两种都失败了！当
你抱着马红痛哭时，我得到了一种奇怪的满足，
因为你最终还是抛弃了妹妹，选择了我，我好
像是赢了！不，是任何一种情况我都能赢，我
是躺赢！因为我既不是马红，也不是马艳，我
是马红艳！可我没能高兴多久，因为我实在想
不到你会杀人！

　　我被马红艳的叙述吓得不敢吱声，我想：
她多像她的怪咖父亲啊。

　　马红艳继续道，我绝望透顶了！从通州逃
回来，马上上吊！你知道是谁救了我吗？他，
这老家伙第一次到我家，是他把我救下来的。
他来找我，是准备去自首的。但他把这个机会
让给了我，要变成我举报了他。不是他不想自

首，而是要把检举的权力还给我，他劝我去举报，因为他已经癌症晚期了，他是在求我了结这段恩怨了。

他问我，女儿，我们的账能清了吗？我胰腺癌三期了，活不了太久了。

我说，你做梦！

李渊突然发作了，腾地站起来：马红艳！你和他有什么不同！你被他伤害，然后你就去伤害别人？你跟他，一路货！连遇到的事、作出的选择都是一模一样的！当年他爹被汽车轧了，他坐在他爹身边，硬是拖了半个小时才报警，硬生生地把他爹拖死了！你这不也是一样？硬是不上楼，连临终一面都不给！硬生生地拖到他断气后，你才上来。你和他有什么不同！你有什么权力谴责他！你们是一样的坏！一样的算计，一样的计较，一样的绝不饶恕！你们就是一个地洞里的老鼠！蛇鼠一窝！一窝的苦毒，一窝的仇恨！千疮百孔！谬种流传！

马红艳表情扭曲，脸色刷白！我连忙制止李渊。马红艳站起来，扬起右手猛劈了李渊一记耳光！抓起包冲出了门。

我对李渊说，你胡说些什么啊！不是她上法庭证明你是被她激怒冲动才犯罪的，你能才判两年半吗？

李渊脸色苍白地喃喃：别给我摆谱了！受害者就天然是好人啦？就可以欺负人了？想得美！冤有头债有主，你被一个人欺负就能怪全世界？全世界都得罪了你？没门！

……李渊服完了两年半的刑期，在一个大雪之夜被接到了我家。我们吃着伊比利亚火腿，喝着陈年干红，聊了整整七天。在李渊整个服刑期间，马红艳再也没去看过他，他也彻底对马红艳死了心。在这七天七夜的最后一个晚上，我对李渊说，你就不问问马红艳怎么样了？李渊全身一震，立即噤声了。我说，我还记得我和她一起去埋葬她的父亲。她还是把父亲埋在了母亲相邻的一个墓穴，临走前马红艳说：我每年清明节还是会给你们上坟扫墓的，认你们是父母，至于你们自己的事，时间有的是，你们就自己慢慢掰扯吧。李渊仍旧全身僵硬，不吱声。我叹了口气，说，马红艳，她娘，马明光，包括你李渊，你们这几个人没一个靠谱的，没一个安排好了自己的生活，全是邋邋遢遢，左支右绌，进退失据，我没法说谁对谁错，没一人好，没一人坏，各人都有伤痛，各人都有原因，这等于没原因，这等于没责任？显然不能这么说，但你找谁算账？找谁拼命？找谁都不行啊，都不对啊，自求多福吧，这一群人包括我，都好像都被鬼跟了一样。我拿起桌上的一本卡夫卡选集：就像我读过的卡夫卡，他暗示我们，不能指望用心灵来拯救我们自己，甚至不能使我免受自己的伤害。

李渊终于问了，她怎么样？

我说，当年你在医院太平间把马红艳骂走之后，马红艳踉踉跄跄地奔出医院，摔在花坛边。两天后，她再一次试图自杀，但后来中止了，因为她发现自己怀孕了。

怀孕了？李渊的目光射向我，像一根灼热的铁条一样：我有儿子？

我说是。李渊浑身颤抖，问，为什么不告诉我？

我说，马红艳不知道你认不认。她仍然没有信心。

李渊捧着脸，抽泣起来。

不过，她可能会来看你。

夜深了。雪块打在窗户上，咣当咣当地响。风夹着雪在外面呼啸。

这时敲门声响起。我们支棱起耳朵，清楚地听见了有人叩动门环的声音。

图书在版编目(CIP)数据

风随着意思吹/北村著. — 福州:海峡文艺出版社,
2024.11
　(独角马中篇轻读文库)
　ISBN 978-7-5550-3877-1

Ⅰ.Ⅰ247.5

中国国家版本馆 CIP 数据核字第 20241C4P44 号

风随着意思吹

北　村　著

出 版 人　林　滨
责任编辑　余明建
编辑助理　陈　瑾
出版发行　海峡文艺出版社
社　　址　福州市东水路 76 号 14 层
发 行 部　0591－87536797
印　　刷　福州德安彩色印刷有限公司
厂　　址　福州市金山工业区浦上标准厂房 B 区 42 幢
开　　本　787 毫米×1092 毫米　1/32
字　　数　108 千字
印　　张　8.625
版　　次　2024 年 11 月第 1 版
印　　次　2024 年 11 月第 1 次印刷
书　　号　ISBN 978-7-5550-3877-1
定　　价　28.00 元

如发现印装质量问题,请寄承印厂调换